自渡

我的躁郁十年

卓安 著

重庆大学出版社

前　言

"这就像是在切萨皮克的暴风雨中横穿海湾大桥,人们也许会逡巡不前,但是已无法掉头。那么,为什么不说出真相呢?"

写这个故事的时候,我的脑子里一直回荡着凯·雷德菲尔德·杰米森《躁郁之心》中的这段话。是的,已经无法掉头。那么为什么不说出真相呢?

2018年我在苏格兰圣安德鲁斯大学上学,那是我距离杰米森最近的一次,她受邀来我们学校做双相情感障碍的演讲,本来想当面向杰米森表达敬意,但由于懦弱,我临阵脱逃了,从而错失了这样一个珍贵的机会。但杰米森的精神却在这些年里深刻影响了我。双相情感障碍不是一个讳莫如深的话题,亟待被更多人了解,于是我试图从一个病人的角度,尽可能重现事情的发展经过。

回顾一下写这本书的心路历程,原本乏味的生活开始变得不那么无聊,生活里有了要做的事。唯一奇怪的是,停下来的时候我却越来越空虚了。或许是把压在心里的事都写出来之后,反倒没有重量了。当我把过去10年的失控经历写下后,我时不时有种焦躁感:只有这些吗？我的人生只浓缩在了这短短几万字里吗？

我有些迷惑,或许,人生大多数时候都是无意义且不需要记录的吧。

同时,我也担心文风的问题。我写得似乎太过于平淡了,并没有非常注重文字方面的技巧。丈夫安慰我说华丽无用，通顺即可。希望读者不要介意。

整个故事包含了从我少女时代至今的种种经历，包括文学艺术启蒙、躁郁故事、饮食失调岁月、住院生活以及自我疗愈过程，全文以爱情为主线。写的时候其实我略为忐忑，是否过多的爱情描述会显得过于私人，而失去了病情本身对他人的借鉴意义。但我无法略去这一部分。

有人曾这样形容双相情感障碍患者的爱情：

"我一直相信患双相情感障碍、环性心境障碍、环型人格这三种病症的人拥有这世界上浓度最高、最热烈的感情。虽然不稳固，但是浪漫的气氛真的很美，美到飘忽、震颤、游离于现实之外。"

是的，那是浓度最高、最热烈、最浪漫的爱情，游离于现实之外，你不可能在平稳时期再重现那样高浓度的真挚爱情。

爱情与躁郁是共存且相生相伴的，很多时候我疑惑，究竟是爱情带来了躁郁，还是躁郁带来了爱情？

当然，平稳期的爱情，虽然没有躁狂时那般如梦幻般美妙，但那种脚踏实地的幸福，也逐渐在岁月里包裹了我。这本书后三分之一的内容，献给我的丈夫，感谢他把我从无聊低谷中拯救出来，让我重新有了对生活的热情和写作的能力。

我不再期待电影《明明》里惊天动地的爱情，平淡、坚实而又稳固的感情更让我看到了天长地久的可能性。过山车玩家也可以遇到一生挚爱，这是毋庸置疑的。

想借这个前言来感谢我的丈夫：感谢你一路以来的照顾与陪伴。

因为你,让我对原本乏味无趣的生活充满了希冀与热爱,我愿意成为一个更好的人来与你一生相伴。

除了爱情,亲情也是这本书的主题之一,我和我的母亲,始终有着无法圆满的亲密关系。我的原生家庭是幸福的,这一点我毫不怀疑,我有着快乐美好的童年,唯一遗憾的是过早的离家独立,导致我的少女时代缺乏陪伴。和母亲的隔阂就是从那时候开始的。

我时常觉得母亲不了解我。包括我写这本书,都是瞒着她的。她无法理解我对文学的热衷以及我的所思所想。在我母亲,或者是大多数人看来,双相情感障碍都是一个隐晦的不可企及的话题。而那些患病的经历,更是要烂在自己心里。

但事实是,当我在公众号上发文,或是在知乎上回答问题时,收获了来自病友们的共情。我们这个群体的温暖,在某种程度上来说,只能够来自彼此之间的感同身受,其他人无法真正了解到其中的痛楚。

尽管我与母亲的关系并没有那么亲密,但我仍将她当成我心中很重要的人。我渴望得到她的理解,她的这份理解和肯定对我来说至关重要。因此,要是缺少了一位如此重要的读者,对我来说是一个遗憾。因为出版后母亲很有可能会看到。

我会在未来的日子里尽力用温和的方式去消融我与母亲之间的隔阂,达成一份和解。家庭关系是我们人生当中的必修课,而对一名双相情感障碍患者而言,良好而健康的家庭关系更是重中之重。

另外,在故事最后的部分,我提到了我目前所从事的工作,希望能给病友们带来一份信心。知乎上有一个热门问题,"得了双相情感障碍是不是这一生就毁了"。我个人给出的答案是否定的,因为我仍然顺利大学毕业,获得了硕士学位,在第二次复发后重新找到了稳定的工作,并在闲暇之余有心力和动力做自己想做的事。或许我这样说过于轻描淡写,毕竟我也经历了很多过渡时期的挣扎和自我放弃。但正如我最好的朋友佩珀所说:

"好像我们每段经历都是先于同龄人,大概这也是我们成为更好的人的捷径吧。只要心里是这样想的,也知道自己最终都会变好,那么我想,你也可以变成一个坚不可摧的人。"

双相情感障碍对我而言并不是一个疾病的标签,它更多的只是一种经历。我想用我的经历鼓励更多和我一样身患双相情感障碍的病友们,双相情感障碍不是洪水猛兽,尽管它与洪水一样具有此消彼长的周期性。但正是因为这个周期性,我们有了在平稳期好好把握人生的机会:用药物、睡眠、心理疗法去掌控我们的情绪和生活,用亲密关系去治愈我们的心。

只要坚定地抱着与这个病"和平共处"的决心,我们也一定可以变成一个坚不可摧的人。

谨以此书与诸位共勉。

目　录

1. 双相情感障碍来袭 …………………………1
2. 别让梦醒来 …………………………………11
3. 梦醒乌托邦 …………………………………25
4. 少女时代 ……………………………………41
5. 初识抑郁 ……………………………………53
6. 成都一夜 ……………………………………67
7. 堕落岁月 ……………………………………83
8. 平静年代 ……………………………………93
9. 蓝色苏格兰 …………………………………107
10. 躁狂复发 …………………………………121
11. 飞越疯人院 ………………………………135

12. 混沌时光 ··145

13. 一生挚爱的出现 ································157

14. 一生之约 ··167

15. 工作与心理精神健康 ··························181

16. 心理重建之旅 ···································189

17. 以笔为戎 ··199

1. 双相情感障碍来袭

抱住狂风就可以飞行，震耳欲聋的音乐，涌动骚乱的人群，我想就是在那个时候，我突然成了一个飞高了的少女。难以入睡的三天三夜，闭上眼睛脑子里全是白天的音乐，像无数次跑完800米，脑海中有类似脉搏的东西在跳动。此前的阴郁和不快消失殆尽，取而代之的是明艳的笑容和精力无限的身体。

那是2014年10月的长江迷笛音乐节，当时我还留着长发，穿着露脐装和短裙，挤在舞台的最前排，随着音乐甩头POGO（在摇滚乐现场，POGO形象地来说就是伴随着音乐节奏蹦来蹦去），举着相机捕捉人群，只有快乐。而这快乐似乎能无限延续。

我在这样的状态下，遭到了双相情感障碍的侵袭。在它早期温和发作的时候，绝对是一种令人迷醉的状态。它是一个充满魅力的陷阱，让人享受到欢快、浪漫、轻松愉悦的本然生命。我至今觉得那是我此生度过的最快乐的两个月，带给我极大的精神快感。

毫无意外我记得那么清楚，一切随着2014年10月9日晚上我点进苏航的豆瓣主页,点开他那篇《迷笛,……》开始叫嚣。

当时的背景音乐是他们乐队的原创歌曲,那首歌我循环了一整夜,无可比拟的思潮涌动,让我想要做些什么:改掉这首歌的歌词吧,它似乎显得有些低沉了。而后来,随着脑海里短语和句子的浮现,我放弃了这个想法,而改写其他。我无法再入睡,只好带着这份天赐的灵感任由思绪游荡。直到凌晨六点,我才写完了不算真正意义上的第一首诗。

而此前,我和苏航在学校的烧烤摊听歌谈天,整整一夜。当初我用的词是,"灵魂在碰触",就是这样的一种碰触,让我一头扎进了爱河,并且觉得一切值得。

随着无边的快乐席卷而来,我迅速丧失了理智。睡眠似乎变得可有可无。我整夜整夜地不睡,喝下一杯又一杯的速溶咖啡,从黑夜到白天,再从白天到黑夜。

一切开始变得轻松起来,生活可以是随心所欲的。

我的头脑中充满着热情的思考,为将来制订了许多宏伟但如今看起来不切实际的计划。我整晚熬夜阅读着那些我并不能完全读懂的书籍(包括现在还躺在我书架上的《弗洛伊德人生哲学》),并在笔记本上写满了过于咬文嚼字的诗歌和短文。

当脑海中的思维越来越奔逸时,我开始研究尼采的酒神精神以及古老的萨满文化。它们让我本就奇妙的世界变得更加神秘。

跳着原始舞蹈、念着古怪咒语或唱着奇特歌曲的萨满,像极了当时一个人在学校草坪上自娱自乐的我。萨满号称可以联结物质与能量世界,与天地万物沟通,而我也有类似的神奇体验。尼采的哲学世界更是深深吸引了我。"酒神精神"是"趋向放纵之迫力",意味着对自我的解放，从而完成自我实现和自我感召。这种狂热的生命冲动和永恒的创造力，在狂想的世界里与我同在，使我不再受过去和外界的束缚，逃脱悲伤和苦难的枷锁。

生命从此充满了欢声笑语，我沉浸在不可穷尽的力量之中，不知疲倦地思索、奔跑。我的世界只剩下欢乐和希望。

与此同时，我恋爱了。我和苏航觉得相遇是命运，相爱是必然。这简直成了最直接的催化剂，让我充满力量，并且不再孤独。

我开始随着苏航出现在乐队联盟的小房子里。我热爱那里的一切，朋克、摇滚、重金属。我喜欢声音在耳朵里发震的瞬间，同时我的头脑却保持清醒。我可以安安静静地抱着书做摘记，也可以跑到室外蹦蹦跳跳旁若无人。

直到一切渐渐无法控制，我逐渐丧失理智，或者说，失去了判断自己是否正常的能力。每一次的短暂睡眠之后我都会发现自己出现新的"能力"。

有一晚，我本来已经决定回寝室睡觉，半个小时后我醒来，却抑制不住地想见苏航。打电话给他的时候，他告诉我他们正在砸车。当时，苏航和他的朋友们混迹在校园乐队的圈子里，充满着反叛精神。

于是我一路走过去，对着手机不受控制地说起了英文。我从来没有说过那么长段的英文，我奇怪地自言自语，"我是中国人，为什么我要说英文？"但是说着说着我就哭了，我在男生寝室的楼下边说边哭，并且把这些带着哭腔的自言自语一股脑录成语音发给了苏航。

这时，寝室楼上有个男生突然怪叫了一声，我吓了一跳，差点把手机扔了蹲在地上。我知道,他们把这个大晚上不睡觉跑到男生寝室楼下还用英语自言自语的女生当成了神经病,然而当时我才不管这些。我站起身来,眼泪顿时就没有了。

"那些白痴,他们以为我是神经病。"我对着录音机说。

性格和行为上的改变是显而易见的,而周围的世界,也随之不同。世界变得尤其可爱。

有阳光的日子里,我喜欢出门躺在草坪上听歌。与校园里的树木对话是我最常做的事情,当我问出一个问题,脑中总能浮现出它们对我的回应。树木是良善的、神圣的,而我热爱所有善良可爱的生灵。

生命是如此不可思议,那时的一切纯洁而美丽。我完完全全成了一个低于生理年龄的可爱小女孩。我曾经内向、社恐,但那时,我变得开朗而奔放,就连素不相识的便利店阿姨,也因为我的每一次热情招呼而记住了我。

但我当时做的事情远不止这些,还有那些难以理解的、天马行空的。

我给自己买了一只录音笔,经常一个人在排球场旁跟着MP3唱歌,因为没有人会听见,也没有人会看见。当时大部分时间都在听英格玛乐队的歌,听完一首歌之后我的脑子里都会浮现出属于自己的旋律,我把它们录下来。更夸张的时候,我拿着树枝在球网上挥舞,拿着鼓棒在凳子上敲击,我渴望听见不同的声音,我要把它们全都录下来。

音乐和旋律蛊惑了我的头脑,但这让我快乐无比。

我反复看了好几遍大门乐队的同名纪录片,听着他们的音乐在操场上来回飞奔，沉浸在过度运动中，想要耗尽那无穷无尽、让人不得安宁的神奇能量。

有时候我会在体育场上捡形状怪异的树叶，把它们装在透明的密封袋里，开一个小口，防止枯萎，以便当作日后画画的素材。

我喜欢用夸张明艳的颜色画风格晦涩的抽象画，也喜欢旁若无人地在校园里唱歌。就连收拾寝室，都成了乐趣十足的事。

渐渐地，我无法再容忍自己去上学院里枯燥乏味的专业课，每日只沉浸于音乐、文学和绘画中。仿佛我已经是一个拥有灿烂未来的艺术家。

所有的生活看似井井有条，我为每一天的行程都做了详尽的安排，甚至想要为周围亲近的人也制订计划，想让他们也过得好起来。这让我的朋友们感到厌烦，却让我备感充实，并不会让当时的我过度烦恼。

当快乐消耗殆尽时，抑郁黑狗终于悄然找上了我。

2014年10月初的某天，我在金工实习的地方哭到浑身发软，有天昏地暗的感觉。起因是我那阵子的状态引起了母亲的注意。她打电话询问我，是否被恋爱冲昏了头脑，并让我多关心家里人，而不是把精力都放在外人身上。这对于热恋中的我而言是巨大的伤害，因为她用"外人"这个词语形容苏航。在与母亲大吵过后我的情绪一度崩溃，很久无法平息。

好友闻讯赶来给了我拥抱，陪我度过了那个下午。我很感恩在我那么格格不入做着怪事的时候，我的朋友仍然给了我足够的耐心，并且支持了我。

当我终于冷静下来后，我为自己巨大的情绪波动而感到些许陌生和担忧，但当时并未放在心上。因为很快我又坐上了直通快乐的云霄列车。

这种快乐来自小说和诗歌中激涌而出的创作灵感，比起小时候的创作，那段时期的创作来得更加游刃有余，所有的句子都盘旋于脑中，我只需要任意抓取。词语和字符自发跳出，而我需要做的，只是一个记录者的工作。押韵、平仄、对仗变得轻而易举，一切宛如神明拂照。

从不画画的我竟也开始用线条勾勒世界。天使、圣母、妖怪……各种从未在脑中出现过的形象通过一种猎奇的方式在我笔下得以呈现。除了用黑色水性笔画画，我还会将画作拍摄之后加入光影的效果，使得它们看上去更加"艺术"。同时，我也爱浓墨重彩地表达，比如用眼影和口红大幅涂抹纸张。

接下来的日子里，我开始放弃写作专注于画画。有一天，我兴奋地告诉好友我会画画了，他只是冷漠地回答我："你不要这样，随便画个什么就告诉别人你会画画了，这只会让别人觉得你很愚蠢。"我感觉自尊心受到了伤害，心情很低落，他是我大学最好的朋友，却否定了我。我拿着画本一个人漫无目地走在路上，一路走出校门，在校外的路上闲逛。后来我去了一家便利店，坐在窗边的座位上涂涂画画。可是浓密的线条遮盖了本子，黑漆漆的一片，我什么也画不出来，当时我觉得自己真的要崩溃了。急于证明自己，是我当时唯一的想法，并且是向我最重要的朋友证明。

后来的画开始有了轮廓，有些可以看出来画的是什么，我也能够控制自己的笔，不再有画着画着就害怕的感觉。有人开始告诉我,"你的画好厉害,有刀刀见血的感觉",还有人说,"像毕加索的风格"。我居然全都信了。

当时,身边的人只有苏航说我画的画像屎。他还为此写了一首诗叫作《屎般艺术》(The Art Of Shit),因为我爱他,所以接受了这样的评价,认为各人审美不同,我不能够责怪他。直到很久以后,我才慢慢认同了他的看法。

摇滚乐和绘画使我当时的审美发生了巨大变化,牛仔服、皮衣、皮裙、烟熏妆……所有这一切都显得那么朋克。

在乐队联盟的办公室我经常席地而坐。那些男孩子在排练重金属,我的脑子飞速旋转着,我的画笔停不下来。

那时候我所有的动作都要用跑,所有的节奏都是快的,生命里不允许一丁点的浪费。

有一天夜晚坐在寝室里,依然没有睡意,我画到停不下来,画到自己再次感到害怕。笔下出现了一张又一张诡异的脸,数不清的脸让我恐惧不已。后来,有一个学长在人人网上转发了我那张画,如今的我看来,那只是一张乱七八糟的东西。

第二天醒来,夜里的恐惧感已经消失,我还是每日沉浸在自己的世界里:画画、写诗、做自己喜欢的事情。

我喜欢躺在枯掉的落叶上晒太阳,用手臂遮挡住阳光,分辨黑暗里的光束。而当时的苏航,虽然已经厌烦我类似的行为,却还是包容我,尽量不伤害我的自尊。他的话语里时常是无奈和敷衍,我后来才感觉出来。

更严重的时候我开始胡思乱想,认为自己无所不能,甚至可以预知未来。我把这样的"重大发现"告诉了几个要好的朋友,不知道她们是不是出于对我自尊心的体贴,居然选择了相信我。

由于活动量增大,我每天需要吃大量的食物来补充消耗掉的能量,每个失眠的夜晚,我都可以把零食包装袋塞满一整个垃圾桶。可即便这样,身体也不会发胖。这大概是那时候唯一的好处。

在一切不可挽回之前,我主动联系了学校的思想政治老师,让我意外的是她通知了我的家长。父母来的那天,他们带我去看了一个校内的心理医生,那个医生的语气让我感到厌恶,她对我说:"你现在是很开心,但你很快会回到忧郁的时候。"

我觉得这个医生实在是太不专业了,没有经过任何量表和问询就对我做出了这样的评判。于是我无法控制地发起怒来,与她对峙僵持。父亲拉着我离开了那个教室,只剩下母亲与医生对话。

站在窗口前我对父亲说:"爸爸,我可以把对面的树画下来。"于是我开始画。

可是父亲却哭了,他轻轻抱住我,说:"爸爸觉得你很正常,可是怎么会变成这样了呢?"

那一刻我的心情无比复杂,从没见过父亲在我面前哭过,我觉得自己的心都要碎掉了。

是的,怎么会变成这样了呢?

母亲与校内心理医生谈话结束后,父亲说要带我回家,告诉我:"如果不回家的话,妈妈就要把你送进精神病院里。"

我当时的想法很天真,我回答:"去就去,我还可以顺便研究那些精神病人。"

那晚我和父母住在酒店里，我坐在书桌前戴着耳机听摇滚乐，随着音乐肆意地摆动身体。母亲对我的行为感到不满，认为摆动身体就是一种身体不受大脑控制的表现。我再次因为她的言语而恼羞成怒，认为母亲太过小题大做。但我也只是将音乐声音放到最大，继续听歌，沉默着对抗她。当时我的内心充满了对自由生活的向往，而摇滚乐无疑是最好的催化剂。

半夜父母都已入睡，我躲在酒店的卫生间给苏航打电话，白天尽力压抑着的不安和羞耻感终于在那一刻倾泻。我尽力压低了我的哭声，苏航在电话那头安静地听着，不时安慰我一切都会没事的。我一直对着手机说话，直到电量耗尽，我终于感到疲惫。挂断电话后，我蹑手蹑脚地走进房间，进入了短暂的睡眠。

第二天我还是随父母去了医院。我对医生说了很多话：小时候对于成绩的极端执着，因为学习压力大而饮食失调，我和母亲之间的紧张关系，很多很多。

医生安静地听我说完，最后给出的诊断结果是：轻躁狂。

"轻躁狂"这个名词让我兴奋不已，我最爱的科特·柯本似乎也是，这听起来多酷啊！

于是我开始研究轻躁狂的症状，阅读相关的书籍和文献。

我对照着百度百科里对于躁狂的定义："肢体过度活跃、缺乏秩序、睡眠需求减少、容易冲动、情绪反应剧烈、欣快感、判断力下降、易怒、思维奔逸、语速极快、联想松散、认为自己无所不能，以及性欲高涨等症状……"——将自己对号入座。

对疾病和自己的各种研究，让我的生活不会总是无聊。

回家休息了十天之后，我重返学校，然而我并没有听医生的话乖乖吃药，并坚信凭借自己的力量可以把轻躁狂的状态控制到最佳，而不至于更严重。这成了至今为止我最后悔的事情。如果当时接受药物治疗，或许我和苏航的结局便不会是这样。

然而事情已经发生，没有任何挽回的余地。

2. 别让梦醒来

"我们以后生个女儿吧。"我的第二任男朋友苏航的眼睛里闪着光,这样对我说。

我怀着私心没有允诺,怕生了个漂亮女儿后他的视线就落不到我的身上。想象苏航追着小女孩满餐厅地跑的样子,胸口突然间涌出一些酸涩,我拉着他,嘟起嘴生气:"那你以后还理不理我?"

他的眼睛笑成了月牙,捏一下我的鼻子说:"你居然吃自己女儿的醋,不要那么小气嘛。我喜欢女儿还不是因为她长得像你。"

苏航是学校朋克乐队的主音吉他手,也是学校迷笛音乐节的票贩子。我对他不是一见钟情,因为他的外形并不出众。

迷笛音乐节那三天,我跟着他一起去了三甲港。

三甲港凛冽的寒风也吹不冷音乐迷的热血。那里有实实在在的太阳、湿漉漉的泥土、出奇好看的天空。

"所有的乌托邦都会破灭,摇滚乐并不能改变我们的生活。"站在台上的男人这样讲着。

台下是挤在草坪上的数千音乐迷,他们随着重金属、朋克或是其他乱七八糟的音乐相互碰撞、跳跃,肆意摆动着身体。他们把手搭在身边的人的肩膀上就开始甩头,牵上手就开始转圈。当时我望着音乐中认真甩头的苏航,感受到了内心最真切的渴望和反抗。所以我感激苏航,即便后来我们有了那么多尴尬的瞬间,我也感谢他,带给我这一场梦。

那三天里我经常听到飞机划过天空的声音,每一次抬头,都有一种宿命感。就像我每一次乘飞机,都爱极了飞机起飞和降落的时刻,那代表一段旅程的开始或终结。我喜欢耳边轰鸣,或者眩晕的感觉。那会让我飞起来,我如此狂热地喜欢飞行。

大部分时间我都是从一个舞台转移到另一个舞台,苏航跟我不是一直待在一起的,我们各自听自己喜欢的乐队。但听木马乐队的时候我们是在一起的。

知道木马这个乐队,是因为他们的一首《菲菲,快跑》(*Feifei run*)。初中时看《萌芽》杂志,里面有一篇小说,讲的是一对乐队情侣,怎样从热恋到争吵到爱情难以为继。女主严重抑郁后出现了幻觉,而男主的结局是一个人跳下了天台。他们是乐队合作伙伴关系,共同写了一首歌叫《路路,快跑》(*Lulu run*)。女主叫什么名字我忘记了,只记得男主叫陆路。

这该死的伤痕文学小说从初中开始就奠定了我对乐队生活与合作伙伴的向往,而那一年秋天,我第一次近距离接触到了我所憧憬已久的生活。

听木马的时候,我并不知道现场版的《菲菲,快跑》和我听到的录音版本会有如此大的不同,以至于后来全场大合唱的时候我哭了。

当时苏航就站在我身边,真好,他什么也没有说,只是沉默着,像是没有发现我在哭一样,也没有嘲笑我。我就在那样的嘶吼中哭了,泪水自己就落了下来。脑海中没有闪过一丝悲伤,没有对过去的回忆,没有对未来的迷茫,只有一片空白。但我就是哭了。这也是我第一次听现场听得泪流满面。

迷笛音乐节最后一天的压轴曲目是中国新一代摇滚教父谢天笑唱的。他的舞台艺术充满了张力,现代的摇滚乐、中国传统的古筝和西方的管弦乐完美地融合在了一起。我第一次听谢天笑的歌,其实是在苏航的一次演出中听他唱的,当时他唱了那首很有名的《向阳花》。听到的时候我非常震撼,随着歌词,我脑中浮现出了一朵向阳花从污浊的泥土中瞬间绽放的歇斯底里。

那晚我和苏航挤在第一排,他举着吉他协会的大旗,一直挥舞着。谢天笑唱了很多首歌,《将夜晚染黑》《冷血动物》《潮起潮落是什么都不为》……在歌曲高潮中苏航举着旗"跳水",人群将他托起,缓缓从前排往后传递。"跳水"极度依赖于人与人之间的信任关系,也是摇滚现场非常特别的互动环节。

三天的迷笛音乐节很快就结束了。即便是个正常人,在那样的环境下,也会经历脑袋轰轰直响的后遗症。而我却显得精力更充沛了。

迷笛音乐节结束后,我马上又买了简单生活音乐节的双日套票,继续着跳动音符带给我的冲击。我再一次在苏打绿的现场哭了,情绪在那几天变得格外敏感,我深深感受到音乐所带给人的情绪力量。

之后的几天,我与苏航开始在微信和人人网上互动。我拍了很多他举着他们社团大旗的照片。我把他的单人照放在人人相册里艾特他,附了谢天笑《剔剔牙》里有些语无伦次的歌词:"不要太大声/不要太大声/天花满屋乱坠/光线一片漆黑声。你也不用太感动,我是睡不着才修修图,就是这么酷爱浓墨重彩的配色。认识你我是每分每秒都在醉,一塌糊涂不能醒。最后我就问你,朋友,现在考虑好了吗,约吗?"

他在那天凌晨4点半回复我:"朋友,我这个从来不修图的都被你修醉了(或者我确实不太清醒),我只想说一个字:约。"

我们很快约在学校的烧烤摊吃夜宵。他听我一首接一首地唱歌,也听我讲了从小到大的故事,一直到包子铺晨起开张,香喷喷的肉馅味扑面而来。

当时我们还只是朋友,连好朋友都算不上。但那一夜苏航伸过来的手,在冬夜冰冷的泪水下显得格外温暖。

"说不完的故事,我们以后再说。"他对我说。

我不知道自己当时为什么会哭。

"那一刻产生的情感,应该怎么形容才好呢?说是恋爱或是心动,都不足以形容这种感觉,太甜美了。那是混合了嫉妒的一种羡慕、焦躁感,还有欲望。"动漫《娜娜》(NANA)里曾这样形容。

我觉得远不止这些。感动、辛酸、紧张、兴奋、内疚、自责、羞耻感、情欲的渴望,还有不安。所有复杂的情绪一下子涌到了一起,所以只能哭了。

和苏航关系更进一步地发展是在吉他协会录音室的那一夜,依然是彻谈的一整夜。苏航很少说话,基本上都是我在说,而他点头,或是说嗯。我喜欢他的回应,简简单单,不打断,只默默地倾听。

很长一段时间,我都觉得,默默地倾听真的太珍贵了。

或许是因为那几次深谈,我们的关系升温得很快。有一天早上我问苏航:"我们算是在一起了吗?"他这样反问我:"为什么不算呢?"

我们之间从未有过很明确的表白,但一切情感都已跃然纸上。

经历了前面一段地下恋情,也许是因为内心自以为是世界的崩坏和崩坏后的绝望反抗,也许是因为轻躁狂,总之,我开始了史上最高调的一次恋爱。

苏航风趣、迷人、热烈、执着。这些都是我们在一起时他带给我的感觉,这些词的先后顺序会随着时间、心情和环境偶尔改变。已经不是情窦初开的我,却还是被他与众不同的个性和思维方式深深吸引,总以为来日方长,可以更加了解彼此。

苏航对于音乐的梦想延续了很多年,我从来没有见过听专辑态度如此严谨的人。他会把整张专辑下载下来,按照发行年月全部重新命名。他告诉我,只有按时间顺序听,才能知道那支乐队或者那个歌手的发展历程和专辑里想要表达的情感和故事。

我当然没有苏航那么麻烦,我一向听的都是歌手或者乐队的热门歌曲,别人问起来的时候可以应答几句。大概也就仅此而已。

在一起以后,我经常跑到录音棚听苏航唱歌,所有不安都可以在歌声中平复。那段时间我们过得很开心,每天上课,去排练室听他弹吉他,晚饭后一起散步,男孩和女孩一起活在电子梦里。

我和苏航,在音乐中交付了彼此的孤独,用信任填补了它。我们吸收着彼此的思想。

我们年轻,我们相爱,世界正在改变,而我们却在坚持。摇滚乐不能给我们带来物质上的回报,甚至什么也没有。但在那样直接、炽热而又清晰可辨的音乐缔造的世界里,我们看到了属于自己的天空。你知道,人们可以瞥见那些摇滚青年会在身体的摆动和头脑的风暴中做出令人难以置信的顶礼之姿。

《伤花怒放》里说那是摇滚之光下的惨淡一隅。而那不是惨淡,是黑夜里的光束,是一个完全崭新的世界,是有着被闪电照亮的犬牙交错的边缘。

我和苏航沉溺其中。我们都心甘情愿。

"真希望我有成吨的钱,
那样我就自由了。
自由了干什么?
干所有事。"
这就是我们所要的生活。

苏航总是很自觉地寻找着自我,在不断的变化中寻找属于自己的状态。他的情绪和思想表现在音乐中。他其实并不是一个即兴创作型歌手,而是习惯于把看到的事物慢慢地表现出来。

我们在彼此铿锵作响的生命中,做着生活的反抗者。经常我们待在自己的世界里,只有我们两个人,和外界隔绝,一待就是一整天。我们像两个野孩子,在孤单而危险的世界里,期待着自由、狂喜和解脱。

很久以前我渴望长大，因为成年意味着自由。

而认识苏航之后我却希望时间停止。停止什么呢，停止长大吧。

永远不要进入大人的世界，永远不要进入复杂的社会，永远不用小心翼翼地窥探别人的内心，永远不会因为无意触犯到别人而低头道歉。

我爱苏航的一切。

那些年轻的少女，总是憧憬着有很好看眉眼的摇滚乐手，但苏航没有那些。不过在我看来，他拿起吉他的一瞬间，就有了光芒。这一切无关舞台，无关灯光，甚至无关乎爱情。在深夜无光的街头，他回过头对我唱歌的那一刻，我的世界就只剩下那么一个吉他手。

在树影下，他对我唱："女孩，快跟我去看一场电影。"

经常是他在谱曲而我坐在一边，在震耳欲聋的鼓声里，我一边读陈丹燕的《今晚去哪里》一边做着摘抄，心里觉得平稳又安静。"今晚哪里也不去，今晚我就在这里。"我对自己轻轻说。

热恋期的我们几乎形影不离，一起出现在校园的各个角落，我任由苏航高调地将我搂在怀里。有时候，我会在图书馆趁他睡觉时在他手臂上画画，然后把那些涂鸦全部拍了下来。

忘了为什么我们并没有一起拍一张合照，所以我用修图软件把我们俩单独的照片拼在一起，甚至有朋友认为那真的就是我们俩的合照。

我也开始想把苏航画下来。

我存下他的许多照片,用我拙劣的画工临摹。后来轻躁狂严重时,我便以抽象画的形式来画他。或许是调侃,苏航总说我除了画他之外画的其他东西都像屎。他为此给我写了一首诗,叫作《屎般艺术》(The Art of Shit),这首他唯一写给我的诗,我至今仍存在手机相册里。

> 你说你不喜欢白天
> 却在白天收获更多的灵感
> 你说不愿错过黑夜
> 却在黑夜抹掉那些留下的痕迹
> 你啊你
> 回忆每一段过去
> 你啊你
> 记得每一个故事
> 美丽如你
> 用故事在身上铭刻曾经
> 可怜如我
> 不发一语感同身受
> 你说你要铲除天下一切猥琐除了我
> 我说我要搞定天下一切不平除了你(的X)
> 赤脚踏遍世界最后还是穿上了鞋
> 冷眼看过一切最后还是闭上了眼
> 你用尽每一个词语写得天马行空
> 我写一句诗全是家长里短柴米油盐

你在同样的调子上彳亍徘徊

　　我只想在音符里放任自由

　　当说起艺术你奋不顾身

　　就算我说那和屎一样也欣然接受

　　那好吧

　　最后一个字敬你的屎般艺术

　　哦

　　我一直很喜欢这首诗，觉得它意义重大。尽管他形容我的作品为"屎般艺术"，但我看到的却是他对我的了解。我的确总是在黑夜写作，也总是在天亮前删掉所有的内容。那句"可怜如我，不发一语感同身受"，更让我深深触动。这份珍贵的共情已经足够让我爱他这件事值得。

　　分手以后我把他的照片和我画的他都存在了一个相册里，起名叫"我永远不会忘记"。

　　这一切我确实没有忘记。

　　苏航有时候会很孩子气，我们俩经常一人一瓶李子园在校园里晃荡，有时候闹起来还拿李子园干杯。

　　"苏航，我以后嫁给你不会还要用李子园喝交杯酒吧？"

　　他认真地回答我："有四种口味，你想要哪一种？反正我最喜欢草莓味。"

　　我很少遇见会喜欢草莓味饮料的男生，即使是喝优酸乳，苏航也喜欢拣草莓味的拿给我。那段时间，我们吃的棒棒糖、喝的饮料,都是草莓味的。这个习惯我保留至今。即使是在肯德基点圣代冰激凌吃,我还是会点草莓味的。

苏航吃得不多,很瘦,他很喜欢吃泡面、干脆面之类的东西。每次看他吃"张君雅小妹妹干脆面"吃得那么开心,我也跟着一起傻乐。恋爱把我的智商降为零。

我曾经买过一个带着锁的零钱包,对他说"它叫苏航二号"。我们用零钱包里面的钱买两块钱一根的小烤肠,那是我每晚必吃的小零食。

第一次一起吃烤肠的时候,我坐在苏航的单车横杠上,他带我飞驰在四下无人的校园中。我带着紧张和害怕的心情张开双臂,呼啸而过的风把誓言淹没。

我听见苏航说:"嫁给我。"

我没有回头,因为他就在身后,我迎着风声回答:"嗯,嫁给你。"

我和苏航的确曾那么相爱过。

沾着露水的草坪我们铺了衣服就躺上去,苏航唱着歌,然后我们接吻,"I love you(英语), I love you, aisiteru(罗马语), aisiteru, je t'aime(法语), je t'aime, ich liebe dich(德语), ich liebe dich, te amo vos amo(西班牙语), te amo vos amo……"

8个国家的"我爱你",我们讲了整整一个晚上。

那天晚上,我给苏航讲了下弦之月的故事,也是一个关于音乐与爱情的故事。

吉他手亚当是纱也加的爱人，他在伦敦的街头唱歌，她在一旁安静地听他唱。她也陪他打电玩，他们一起度过了一辈子最快乐的时光。后来纱也加病逝了，亚当将吉他的碎片撒向大海。一周后，亚当自杀了。

月亮的盈缺周期是一个月，然而要经过十九年，才能看到一次相同的圆月。

亚当的灵魂等了整整十九年，才等到纱也加转世。之所以能够坚持这么多年，是因为他在坚守一个承诺，有次，在波光粼粼的湖上的一艘小船里，纱也加曾轻轻对沉默的亚当说："你一定要找到我。"

他终于找到了纱也加，而此世的纱也加叫美月，且有了这一世的爱人。当人行道那头，夹着雪茄举过耳际的亚当默默说着再见时，轮回终于结束。

我暗自对自己说："幸好我们已经找到了今世的爱人。幸好我和苏航遇见彼此时，我们身边都没有别人。"

躺在草坪上，我和苏航一起看了另一个视频：亚当对着大海撕心裂肺地唱着《下弦月》（*Last quarter*），猛烈的风把他的长发吹得凌乱而张狂。在那个纪录片里，有在伦敦黄昏的河畔咬了一口苹果的亚当、被纱也加拉着在草坪上奔跑的亚当、陷在沙发里沉默地托着头的亚当、孤独地葬在伦敦乱草丛中的亚当、任性孤傲的亚当、悲伤的亚当……

我们在《下弦月》的音乐声里深深接吻。

当时的我，看不到美月，看不到纱也加，更看不到亚当，我只看到了苏航。

有人说，爱一个人就是想和他结婚。我是真的想跟苏航过一辈子的。他是第一个让我产生结婚念头的人。即使在我喜欢初恋的时候，也不曾想过和他的遥远未来。

但这一次，我急切地，想要拥有一个认真的未来。

我甚至带苏航见了自己的父母。这样迫不及待，这样急不可耐。因为害怕失去太美好的爱情。苏航给我带来的似乎是世界上最好的爱情，起码是我遇见过的最好的爱情。

每一天都像是活在梦里。

那时候的我不知道，当时的爱情其实隐藏在轻躁狂的滤镜美化下，而爱情本身，或许并没有那么美好。但那时的我就那么笃定，苏航就是我的同类。

我的世界曾经是黑的，苏航就是我的光。

2014年10月中旬，我们做爱了，苏航是我的第一个男人。忘记了痛不痛，但似乎比预期里又好了那么一些，也许是因为当时苏航实在太过温柔。我喜欢他叫着我名字说我爱你，那让我感觉我是被人需要的。

一个一无所有的我，竟然也是被人需要着的。多么美好。

那时我对做爱这件事是有羞耻感的。我对苏航说："我从深海里来，大海的深处，没有光，没有风，没有雨，也没有声音，只有时光，在慢慢地流逝。我就从那里游上来，为了和你做世界上最肮脏的事。"

苏航吻我的眼皮，用只有我才能听得见的声音告诉我："不是的，我们在做世界上最高尚的事。"

那一夜我出现了幻觉。

我似乎在两个场景下做着不同的事，那样的幻觉出现了三次。每一次苏航说话而我答非所问的时候，我马上就从幻觉中脱离出来了，然后愣住，害怕得要命。第三次幻觉出现的时候我终于受不了。苏航看着我神色不太对，担忧地问我怎么了。我告诉苏航，说："我完蛋了，我好像出现幻觉了。"他试着安慰我，说："没事的，有时候人醒着也做梦，你只是太累了。"

或许是我真的太累了，又或许是我已病入膏肓。我不知道。

我们在一起的第一个月的某一天是苏航他们乐队成立一周年的纪念日。乐队所有成员还有经纪人，顺带捎上我，在烧烤摊上吃吃喝喝，完全不顾周围人的眼光。到最后大家都喝醉了，经纪人开始挥着手教训苏航。

"你不要那么狂好不好？你只是个乐队主唱，比你们好的乐队多得不知道哪里去了，你以为经纪人很好当吗？我告诉你苏航，你这样是吃不开的……"

苏航敷衍着点头，我看出他心情好，所以没有还嘴。

乐队经纪人是个眼睛很大、很漂亮的北京姑娘，和我们同龄。喜欢她的同时，因为觉得她经历的事很多，也有些敬畏她。她向我敬酒，说："苏航以后就交给你照顾了。"

因为感到了这句醉话的分量，我喝完了那杯酒。现在想来，也许只有我会把醉话当真。

苏航揽过我与我接吻，他伏在我的肩头，一直对我说，我爱你。我想那个时候，感情是真的，所以情话也是真的。我自始至终都相信，苏航曾经也那么爱过我。

后来我们去录音室接着喝酒，把音箱的音量调到最大，在音乐的轰炸下跳舞，接吻。我没有喝多却也和他们一起疯。

闲暇的时候，苏航总是把他喜欢的乐手介绍给我，我们听涅槃乐队，听皇后乐队，听滚石乐队，听老鹰乐队，听平克·弗洛伊德乐队。他对我说："科特·柯本死在27岁，吉米·亨德里克斯死在27岁，吉姆·莫里森死在28岁……"

我知道柯本的遗言，那个阿伯丁桥洞下的少年，他留给世人的最后一句话是：与其苟延残喘，不如从容燃烧。

可是这与苏航有什么关系呢？我感到无端的害怕，我问他："你在想什么？"

可是苏航却回答我："你不要管我在想什么。"

我们还很年轻，所以人生有无限种可能。我不知道苏航在想什么，我只希望他永远不要离开我。

在那个时刻，我就觉得苏航离自己很远。他就像浩渺的大海，而我只是其中一座孤岛，漂浮在其上。我们很接近，形影不离，却又相隔甚远。

我知道苏航经常感到痛苦，痛苦的不是那些思想，而是思想形成的过程。那些思想的光线令他的心变得如此猛烈，以至于有时候没有规律地跳动着，如同他的音符。

苏航说，他想在毕业前出一张自己的专辑。

我望着他，郑重地、肯定地告诉他一定会的。

我知道他会做到，就像他所梦想的那样。

所以苏航，只要你拿起吉他，你就拥有了全世界。而那个世界，只要你需要，我永远都在里面。

3. 梦醒乌托邦

只是我的双相情感障碍越演越烈。

假如真的存在万能的上帝,他一定优越地偏执狂般地思考。把爱压制成信息隔离开人们,用悲剧性的法则撕裂每一个人的心。

——木马乐队的《菲菲,快跑》(*Feifei run*)

狂躁和无端抑郁的时候变多,我开始向苏航发脾气,扔东西,经常没理由地哭,很久无法停止。我不知道一切为什么会变成这样,明明已经遇到了我的救命稻草。

我觉得自己又像十六岁的那个小女孩一样,整日整夜被黑暗吞噬着,我开始暴饮暴食。身体、胃、心都是空空的,只有食物能够填补我。这样的状态持续了多久我已经很难准确地计算出来,那是一种正常人很难体会的吸毒一样的感觉。

每天满脑子都是食物，被同一个想法占据，做不了其他任何事，除了接下来吃什么和下一顿吃什么类似这样的命题。或许有的时候并不是我真的无法控制，而是选择了妥协。

每一次我都告诉自己那是"最后一次"，可是已经有过太多的最后一次。

苏航对我这样的变化无能为力。我知道他希望我变回原先那个虽然看起来疯疯癫癫但还算是健健康康的小女孩。可我也一样无能为力。我开始陷入对自己越来越不满的状态。

我只想和苏航时刻待在一起。

我甚至逃课去上他的课，只为了和他在一起。我不管他人的眼光出现在苏航的体育课上，拿起篮球就开始打。我想，或许在别人眼里我就是个傻子。

当时的我，在很多场合都让苏航感到难堪。但我已经无法控制自己。

有一天晚上，我和几个朋友在学校天台上喝酒唱歌。我没有喝醉，却像发酒疯一样发语音到乐队联盟的群里，苏航也在那个群。我连着发了很多条，接着我就被群主禁言了。

当时有太多人都觉得我离经叛道行为乖张，不是个好女孩，也有人质疑苏航为什么会和这样的女孩子在一起。苏航不得不向他的朋友们解释，我是因为生病了才变成这样。

那时候我的生活很不规律，经常写作到深夜，然后睡到第二天中午。我不知道自己为什么那么喜欢黑夜，万籁无声之中我看到的是什么呢？也许是星辰，也许是月光，也许是远处零星的灯火，也许只是寂静。

我总会在十二点来临之前陷入一段长达一两小时的焦虑。那时候,把自己的故事写成小说还不是绝望。真正的绝望是什么都写不出来,什么都不想做,只能巴巴地等待着命运的宰割和时间的凌迟。那才是真正的绝望。

我每天都会陷入这样的绝望之中。然后听着音乐,等待自己又重新好起来。

烦躁的时候我也会拿起画笔乱涂乱抹,也不管自己最后会画出些什么。色彩、线条,有时候只是心情的映照,它们不需要任何意义。

有一天我听到王三溥的歌。他的歌虽然是阴暗金属音乐,却总是让我感到平静。我把手机音量调至最大,开始听他的《青城》。

> 我们曾注目凝视过的河川
> 已滚滚流去,再不回还
> 而我们仍站在
> 荒凉的土地上
> 像树立起两块墓碑
> 以纪念
> 在暗淡生命的晨光里不断
> 消逝着的恐惧和希望
> ……

不知怎的,听这首歌的时候我想起了雪莱的诗。音乐、情绪、夜色,像是进入了一个美得不真实的梦境。而想想乌托邦这个名词的存在，或许就是为了幻灭和祭奠吧。

躁狂时期的我，固执地认为自己是不属于城市的，至少不属于上海这样喧嚣的城市。

热闹道路上拥挤的人群，地铁站口行色匆匆的男女，老旧窗棂里华丽灿烂的假象，这一切，都不属于那时候像鸟一样渴望自由的我。我应该是生活在丛林里的。我想象自己在丛林里张开双臂奔跑，头发随着奔跑的姿势一起一落，然后转过身来对苏航笑，阳光柔和地打在我们的脸上。

那年11月20日，马頔在MAO Livehouse演出。

我很喜欢听他的《傲寒》，而苏航则比较喜欢《时间里的》。他对我说那个故事太悲伤了：从18岁到30岁，十二年的爱人，突然间就消失了。我深以为然。

在容纳了一千多人的音乐会现场，苏航把我护在怀里，我站在他的身前，我们一起跟着台上的男人唱歌。当时是冬天，但室内却很热。即便如此，苏航也一直搂着我。

当《傲寒》的前奏响起时，我几乎要哭出来。

"傲寒我们结婚，在稻城冰雪融化的早晨。
傲寒我们结婚，在布满星辰斑斓的黄昏。"

我在舞台底下跟着马頔唱的时候，偷偷把"傲寒"改成了苏航的名字。

那天晚上live结束回到酒店后，我依然想和苏航做爱。但是苏航拒绝了我，对我说"来日方长"。

或许一切就从那时开始改变。

我仍然每日出没在乐队联盟和吉他社，旁若无人地做着自己的事情。苏航却越来越少出现，常常待在寝室里打游戏。

我们争吵，然后和好。

我总是在他面前控制情绪，忍到泪水止不住流下来，有时候也靠抽烟，靠沉默。他大概觉得我太孩子气，或者喜欢耍脾气。

我们也不说话，经常就是冷战，彼此都过度敏感又有点神经质。除了性格方面的冲突，生活和学习上的琐事也让我们备感压力。我总是抱怨他从来不为我着想，而他亦不满于我的无理取闹。但当时我们又分不开，彼此感到爱意恨意的交织，却始终无法圆满。

有时我会突然在地铁站台拿出烟来点，觉得那是理所当然的事。我也会不顾周围人的目光，在地铁上站着画画，迅速勾勒线条。

那时候，我的头脑已经随着躁狂而变得紊乱，我做的许多事都让苏航感到匪夷所思。一切都在慢慢出错，而苏航也慢慢开始回避我。

我约苏航吃饭的时候，他总说和朋友在吃。约他去图书馆自习，他也总说有自己的事要做。因此我变得越来越烦躁，经常盯着书两个小时却什么也看不进去。

终于有一天，我等了苏航一晚上，他却仍然待在寝室里不肯出来见我。我哭着打电话给他，一定要见他。我其实不应该这样要求他，他对我说过两个人不该时时刻刻黏在一起，每个人都需要有自己的空间。但其实那段时间，我们平均每天见面的时间也许连一个小时都没有。

后来那晚他终于肯见我。一切也似乎快走到尽头了。

苏航来的时候，我情绪失控地蹲在地上大哭，像是跟自己演戏较劲般哭得一直停不下来。我渴望得到苏航的拥抱和抚慰。起初他还来哄我，后来他只是站在一旁默默地看着我。

送我回寝室的路上我们出奇地沉默，两个人都不知道该说些什么。而曾经那么多个夜晚，我们执手相谈，以为找到了从此灵魂可以对话的伴侣。

回到寝室后，苏航发了很长的短信给我。最后一句话是："把两个本来就不在一条线上的人强行拉在一起，究竟是幸事还是错事？没有谁会离不开谁，我们都好好想想吧。"

我把这条短信转发给了一个我们共同的好朋友。他只回了我一句话："抽支烟吧。"

我知道一切都完了。

休学回家之前，我在寝室里一支接一支地抽烟，我边哭边问自己何至于此。然而一切不再有余地，苏航不再愿意见我，我们已经分手。

2014年11月26日，我写了一首诗，作为我和苏航的告别：《再见，莫斯科》。

    伏尔加河畔饮杯伏尔加酒

    徜徉绿海又见白云悠悠

    石匠的城寨是谁在祈求

    何以忘忧 何以忘忧

阿尔巴特大街阿尔巴特在走
青年们弹着吉他愿时光倒流
画完这幅肖像我们再分手
不要挽留　不要挽留

圣瓦西里教堂圣瓦西里俯首
做尽祷告生活也不能重头
脆弱的是你而不是我
让我疯魔　让我疯魔

别让岁月蹉跎
再见莫斯科
忘了你的哀愁
再见莫斯科

但我并未能像我写的诗歌那般洒脱。

分手之后，我一次次发短信问苏航我们什么时候能再见面，问他能不能给我一个解释。他给我的回答，永远是那该死的"来日方长"。

我从来没有对这四个字感到如此无奈。来日方长，会是什么时候呢？

有些人分手之后就无法再做朋友，我不知道苏航属不属于那一种。

彼此的人生悬殊，温柔的话语再说给他听，也不过是不合时宜的荒谬。我们从未说过往来相决绝的话语，但我想他可能真的有过这样的念头，尽管他总是用"来日方长"来搪塞我。

更让我心痛的是，当我问苏航有没有爱过我时，他的回答是他不知道，或许美色和时间蒙蔽了他。

彼时的苏航，已经完完全全否定了我们的爱情。

"他们说生活不只眼前的苟且，还有诗和远方。你告诉我，哪里有诗，哪里是远方？"

我又再次陷入了孤独，比以前更可怕的孤独。像一只失落的贝壳，只有我一个，在海底，滚啊滚。我问自己，为什么我总是把一切搞得一塌糊涂。

不够美好，不够光鲜，可这就是人生。我试图这样安慰自己。

我想，终其一生我都忘不了那场幻觉。但我仍想试试看，能不能在某个清醒的时刻，再遇见苏航，和他谈论一个艳阳天。

和苏航分手之后，我的心情和精神状态越来越差，没日没夜地写着诗歌，或是翻译英文摇滚歌曲的歌词。尽管美梦已破灭，爱情已凋零，我还是写着积极向上的诗，来安慰自己一切都好。

休学前，为了开休学证明，我再次去医院复诊，那次需要两个医生来为我联合问诊。在我原先的主治医生那边就诊后，我去了另一个陌生医生的诊室。本着对他的信任，我仍然倾诉了很多，因为我相信，医生对我的成长经历知道得越多，就会越了解我的疾病成因，从而给予我更专业的诊断结果。

在诊室里，医生并没有表现出任何异样。而当我拿到病历本准备交给学校时,我从医生龙凤飞舞的字迹中,看到了他的武断和对我的误解。当时,为了让医生明白我初高中时期的学习压力从何而来,我告诉他,我的姐姐是一个非常优秀的人,高考时甚至拿到了北京大学的录取通知书,但由于香港那边的大学提供了更优渥的条件,而选择了去香港。姐姐的优秀让我背负着来自同龄人的压力,因此我将自己紧逼在无休无止的学习里。

但病历本上却赫然写着:病人已胡思乱想,妄想自己考上了北京大学。

看到这些文字的瞬间,我对那位医生的好感与信任立刻消失得无影无踪。我感到了深深的背叛,强烈的委屈和愤怒涌上心头。

后来当我再去医院问诊时,再也不会像之前那样暴露自己的内心世界。我变得沉默而无力,通常是对方问什么,我答什么,以尽量简短的方式去结束对话。我迫切渴望得到外界的理解,却屡次遭遇挫折,终于关上了自己的心门,也失去了对他人的信任。

再后来,我开始了为期一个学期的休学生活。

休学在家的无聊日子里,我一个人看了一部电影,是日本的《乔西的虎和鱼》。

里面的乔西是个残疾人。她的奶奶称她为一个"坏掉了"的女孩。男主是一个大男孩,因为好奇和想吃乔西做的饭而走进了她的生活。乔西不能走路,家里堆满了奶奶捡破烂拾回来的书籍。

乔西为男孩念萨冈的文字:"有一天你会不再爱他;有一天,毫无疑问,我也会不再爱你;我们会再次陷入孤独,一样的孤独;又一年的时光逝去了。"

男孩发现自己对她的同情慢慢变成了爱意。他的善良,在乔西奶奶死后变成了一份责任。

男孩和女孩开始一起生活。

他在婴儿床后面接上滑板，带着她在宽阔的天空下呼啦啦地跑过。他们一起摔在草坪上，乔西抬头对他说，好想把天上的那片云彩带回家。她就像是海边一枚残缺的贝壳，洁白，无辜。

"我其实不想你走，我想你留下来，永远。"

男孩低着头，说："好。"

"永远？"

"好。"

他们生活在一起，她想让他背着她一辈子。他慢慢感到无力，这份责任太过沉重，他难以再背负下去。

"我想我再也回不去了。"男孩终于对着电话说。

乔西的弟弟在那头轻轻问了一句："是谁胆怯了？"他挂了电话，久久地沉默，是他胆怯了，所以他逃跑了。乔西平静地接受了和他的分手。

放下电话，他走在人来人往的街头，突然蹲在街边大哭。

"我可能再也见不到她了。有些女孩，你和她分手之后还能做朋友，可是乔西不能。"

乔西为自己买了轮椅，开始一个人生活。

她说："如果我遇不到生命中的那个人，我就永远不看真的老虎。我只有接受事实。但是现在我看到了。起码我看到了。"

我在那个电影结尾落下泪来，我想到自己。

是谁胆怯了？又是谁逃跑了？

苏航，是你。

但我也不得不承认，如果我没有遇到苏航，我就永远体会不到真正的爱情。

电影以外的日子并不有趣。

原以为休学回家意味着自由、旅行和做任何我想要做的事情，我却发现事与愿违。

我被关在家里，白天由奶奶照看我。每天吃药，睡觉，接受母亲的教导。很多次她在我面前哭了，而我只是戴上耳机让所有的声音消失。我感到厌烦极了，对于母亲的烦恼和杞人忧天。

随着吃药我渐渐失去了所有曾经盘踞在我脑子里的灵感。大脑的运转开始变慢，身体也开始变得虚弱。之前过度的消耗使我每天毫无力气，躺在床上成了日常。我开始发胖，抑郁，重新变得自卑，有时候走在马路上会突然哭出来。我想提笔画画，却发现什么也画不出来，再也没有精灵女巫，没有洒圣水的妇女，也没有天使恶魔。

生活变成了一潭毫无波澜的死水，而能够救我的，竟然是我一直嗤之以鼻的药丸。我感到无力极了。

望着那些药丸，我想起《正午之魔》里的句子："我看着所有的药就像彩虹联盟在我的手中，我是一个没有截止日的科学项目。"

这无疑也是我当时的感受。

唯一的情绪出口是抽烟。

2014年11月，我正式迷上吸烟，这次抽的烟是在迷笛音乐节买回来的健牌爆珠烟。半夜里我躲进卫生间，看着烟雾慢慢腾起，有眩晕的感觉。浑身失去力气，软软的，我意外地喜欢那种感觉。

我总觉得抽烟并没有什么，尽管妈妈说抽烟的女孩上不了台面。

在家的时候我总是偷着抽烟，半夜打开窗户，躲在窗帘下面，迅速解决掉一根，然后通风，保证第二天不会被发现。尽管这样，我还是被没收了很多盒烟。

我贪恋那种醉烟的感觉，晕晕的，心脏怦怦地跳，然后可以一下子倒在床上或者随便哪里，反复感受那种滋味。

一开始在家的时候我还会去拍照，拍很多很多的照片，向别人证明自己过得还好。后来因为发胖，我再也不想面对镜头。

生活里没有什么是开心的，也很久没有体会到快乐的感觉。

其中一个月每天我都会写小说，把自己的故事写成小说，会觉得心里好过一点。我本来就没有多少故事，我遇到的人，就是我全部的故事。

我写了很多故事，小说里的男主总是多多少少带着苏航的影子。发表在网站上时偶尔也会有追更的人评论我说"故事好真实"。我想，那毕竟是真实发生在我身上的事。

当已经没有什么可以再写的时候，久违的抑郁症重新找上了我。

每天对什么事情也提不起兴趣，面对着周遭的一切只觉得孤独，不愿意和家人相处，只想要一个人锁起门待在房间里。我曾以为离开苏航我会没事的，没想到自己这样脆弱。

晚上我一个人躲在卫生间里，看着镜子里的自己，一边抽烟一边哭，打开播放器放很吵闹的金属音乐。当音乐声终于盖过我的哭声时，世界终于安全了。

随后我剪了留了很久的长发,开始觉得自己难看得像个假小子。我告诉自己:"不过也不要紧,没有人会喜欢现在的自己了。"

我开始在每天下午出门,一开始是去公园拍风景照打发时间,后来是逛街吃东西,再后来办了一张健身房的卡。

一切的一切只是为了打发时间。时间变成了世上最漫长的东西。每一分每一秒,对我来说都是一种煎熬。

再次梦到苏航之后,我给最好的朋友佩珀打了一个很久的电话:

"我昨晚梦到他了,大概做了一直想做却不敢做的事情。梦里他打了我一巴掌,然后我回了他一巴掌。我抓住他的肩膀质问他,当着所有人的面,我哭着问他为什么。可是后来,不知道为什么我抱住了他,喃喃说了很多遍对不起。我记不清他到底有没有说了什么,只是仿佛感觉到他也哭了。醒来的时候,梦里的场景和对话还历历在目。我感到自己的心一下子变成了玻璃。"

我自顾自地说了一大串,然后陷入沉默。

当时窗外下着淅淅沥沥的雨。

很久之后佩珀终于对我说:"人做错了事,就算没被道德法律追究责任,在思想上生活上,他还是会受到相应的惩罚。他的过错,肯定是以其他的、更大的代价,作为赔偿而付出的。"

我觉得很心酸。我一直没有等到苏航的道歉,所以在梦里耿耿于怀。

那阵子我经常会睡过一整个早上,即使是早醒也不愿意起床,因为害怕面对无事可做的漫漫白日。我更害怕自己,害怕自己会再次陷入暴饮暴食的深渊。从前我犯病的时候,食物是我最好的解脱。然而，我已经不想再做那些伤害自己身体的事情了。

同时，我与母亲的关系也开始分崩离析。

休学在家的日子，我被母亲天天关在家里，无法做任何事。每晚她来房间找我谈心，试图帮助和教导我。我感到窒息、麻木和厌烦，很多时候情绪突然崩溃甚至对她拳脚相加。我所有无处发泄的情绪只能对着母亲倾泄，我无比痛恨那样不受控制的自己。

我与母亲的不相容体现在方方面面。她不喜欢我听奇怪的摇滚，讨厌任何喧嚣强节奏的音乐，讨厌我听着歌摇摆身体的样子，也讨厌我抽烟。甚至我在小说里写到女孩子抽烟，她都会过来质问我，是不是又在抽烟。每天她来到我的房间，就像进行一次大搜查。

母亲总是问我："你能不能写点高雅的东西？"而原因仅仅是我在文章里描写了烟。

她开始觉得是我听的音乐、交的朋友把好好的我变成了现在这个样子。她否定我的爱情、我的友情。有时候我甚至觉得，她已经否定了我这个人。

我被禁止接触烟酒、牛奶、咖啡、巧克力以及所有在我母亲看来会刺激大脑的东西。我快要疯了，每天在她不厌其烦的教导之下。在过去那么多年里，我都没有听她说过那么多的话。而且是每晚一直重复的话。

母亲在过度的担心和忧虑下变得和我一样神经兮兮，让我有时候觉得生病的不是我，而是她。我的自由被限制，每天需要有专人看护。没有想象中的旅行，没有想象中的快乐，只有枷锁一般的囚牢。

我的自由遥不可及，我被牢牢锁在了家里。

当时我写了如下一首小诗，来形容我和母亲之间的紧张关系：

厌倦了无休无止的问答
争吵、辩驳、拳脚相加
就做一个沉默的哑巴

吱吱呀呀
装聋作哑

后来母亲告诉我，她每晚为我查资料查到凌晨一两点，通过各种渠道了解我这种病的治疗方法。我当然知道她是爱我的，可她的方式总让我感到自己的无能。除了不断加深的羞耻感和对自己的厌恶感，我无法对她的关怀做出任何应有的回应。

我和我的母亲，我确定是有爱的，有着深重无法割舍的爱，是没有恨的。

我们只是不相容，彼此有太多意见上的不合、兴趣上的不同，年龄和时间的隔阂让一切越来越糟糕。爱反倒成了枷锁。

与母亲的喋喋不休相反，父亲选择用沉默的方式陪伴当时的我。

那段日子父亲经常在饭后带我去家附近的公园散心，我知道他想以这种方式让我慢慢好起来。在公园里我对父亲说："我跳个舞给你看吧！"于是我外放了手机音乐，跳起了舞。

夜晚昏暗的灯光下我看不清父亲的表情，但我想他一定很忧愁。

后来随着天气变冷，很多地方都下起了雪，父亲提议我们去看雪，母亲也同意了。父亲开车载着我们一家去山里，山路很陡，父亲却显得很有精神。这让我想起《头文字D》里周杰伦扮演的秋名山车神。父亲永远是我的守护神。

山里的雪果然很大，我和父亲、母亲还有弟弟一起堆了好几个雪人，我脱下自己的围巾给雪人戴上，为它拍照留念。

那一天，我有了久违的开心和放松的感觉。

终于，在无聊而单调的休养生活中，我试图找寻过往生命中关于双相情感障碍的蛛丝马迹。

4. 少女时代

我的童年并非不快乐,而是非常快乐。

我的母亲,在当地一家闷热狭窄的产房里生下了我。当时是夏天,酷暑的热烈让一切变得更加难熬。拥挤的产房里可以听见女人的呻吟、婴儿初生的啼哭、医生护士来去匆匆的脚步声、偶尔的抱怨声,还可以看见门外神色焦虑等候着的男人们。

母亲难产,似乎从那个时候我就开始和她作对,甚至不愿意来到这个世界上。医生用吸盘将我吸出来,导致我的头部变形。父亲接过我便开始皱眉,嘀咕怎么会有这样丑的小孩子。而我不笑也不哭,吓坏了当时在场的所有人。最终父亲将我拎起来,倒挂着重重打我的屁股,我才哇的一声哭出来。

那一天是一九九五年六月十八日。

0.618,黄金分割点,初中时学到这样一个数字。那时我真的以为,我是一个幸运的存在,并将一生前途坦荡。

也许是生得来之不易,父母对我宠爱有加。但生意上的繁忙使我们相处的时间变得短暂，朝九晚五的作息时间显然不符合我的父母。他们总是很早出门，然后在黄昏才回来，属于我们的时光只有夜晚。

童年大多是在各种不同的幼儿园或者和爷爷奶奶一起度过的。

夜晚，我喜欢站在母亲的床上，打开电视的音乐台跟着唱歌。把拳头当作话筒，把床当作舞台，把灯光当作镁光灯，而父母是听众。一曲终了他们总是配合地响起掌声和称赞声。而快乐，就是这样简单。

长大一些后，我开始学体操、硬笔书法、软笔书法、中国画、素描、奥数。跟爷爷奶奶一起去爬山、打太极拳、舞剑、打羽毛球、做老年健身操、吹口琴、骑脚踏车沿环山公路游，也学钓鱼、锯木头做手工、种花、摘杨梅、摘枇杷、养小狗、学喝酒、自己酿酒。还和外公去剧院看黄梅戏，看他收藏的各式戏本，以及偷偷看舅舅数不清的武侠小说……

更多的时候，我跟着爷爷奶奶一起生活。

爷爷家的顶楼曾经种过很多东西：葫芦、金橘、一年四季盛开的各种花卉、绿叶蔬菜，还有丝瓜藤。我从小看着它从最初的版本逐渐升级：伯伯厂里的砖头，山上的泥土和山泉……那个顶楼花园的一砖一瓦都是爷爷自己搭建的。

我每次去爷爷家，都喜欢爬上顶楼晒太阳。我喜欢一个人待在顶楼平台，看其他房子的屋顶和日出日落。我并不害怕独处，相反，我能与它和谐共处。

在10岁左右，我开始接触饶雪漫、郁雨君、伍美珍的青春文学书籍，这三位可以说是我的文学启蒙老师。随着我找到她们共同创办的青少年文学网站,当时的名字叫作"花衣裳青少年文学网",我开始了伴随我漫长岁月的写作之路。

少年时代总是多彩的,我每天有数不尽的故事可以编写。写故事就像一种生命的暗涌,无比自然地成了我人生中不可或缺的习惯。

我将写下来的或短或长的小说投稿到网站上,很快认识了许多志同道合的笔友。这些从十几岁就相识的人,有不少至今还与我保持着联系。

后来我给自己起了一个笔名,叫"安静",以《周书》中的"好和不争曰安"来定义自己。慢慢地,有人亲切地称呼我"小安",以及各种"安"的衍生名。长大后,我也沿用了同样发音的英文名"Ann"。

写作的时光是最快乐的。

我总是在白天的课堂上快速完成课后作业,这样到了放学后我便一身轻松。于是我就有了大把的时间留给自己,噼里啪啦的打字声轻轻地回荡在安静的书房里。在学校,我是个腼腆少言的女孩,而在网络上,我是一个热情温暖的小话痨。很多年前,有朋友这样形容我:动若脱兔,静如处子。我想这个形容对双子座的我来说,颇为贴切。

当时父母对我写作的事情持中立态度,没有制止,也不表示支持。很小的时候我就萌生了长大后要当一个作家的梦想,但是母亲却告诉我,写文章是赚不了钱的。这也是后来,我本科和硕士专业都由她决定,替我选择了金融专业的原因。尽管长大后的我并没有从事与金融相关的任何职业。

如果那时我坚持自己的梦想选择文学专业，或许人生的一切都会有所不同。

撇开写作，我同样热爱书籍。家里堆满了我买的各种书。

年少时曾经有一段时间迷恋安妮宝贝（如今的庆山），当时她的文字对我来说似乎有一种魔力。布满坚硬的诗性，充满了晦涩的情绪，可我最喜欢的也是那些情绪。它们让我感到黑暗里的幽微，仿佛远处有一个影影绰绰的模糊倒影。

初中时开始接触日本文学。坐在图书馆里，川端康成和村上春树成了我的最爱。我几乎读遍了学校图书馆里所有村上春树的书，很多书的内容其实早已忘记，但这一切都奠定了我对日本文学的向往。

我的整个少年时期几乎都与文字和书籍相伴。

2011年，我开始着手写小说《暗涌》。这是我在少年时期写过的最长的一个故事，完稿时已经有几万字。小说标题取自王菲的同名歌曲。

百度百科里，"暗涌"的意思是："形容表面平静，底下却潮水涌动。可形容强烈而隐蔽的感情。"强烈而隐蔽的感情，就是我整个故事的宗旨，里面所有人物互相之间的感情都是暗潮汹涌却又秘而不宣的。

那是一个少女卓安从小到大的成长故事，设定在一个虚构的城市，我给她的家乡起了一个名字，叫诗山镇。在那个女孩的记忆里，她是没有母亲的，只有一个对她态度不好的父亲。她从小和慈爱的奶奶相依为命。有一天，卓安再次遭到父亲的打骂，一个人离家坐在山坡上，遇到了后来的爱人：席佳明。

当时卓安有自己喜欢的男生，是一个阳光优秀的同龄男孩。而席佳明却是当时镇上有名的小混混。因为想要逃离父亲所在的家，卓安搬去与席佳明同住。她叫他哥哥，而他却慢慢对这个倔强的女孩产生了感情。

卓安在初中毕业后考上了上海的学校，席佳明则留在小镇。为了卓安他决定做一个好人，在小镇他找了一份正经工作，定期寄生活费给在上海念书的卓安。父亲病逝后，卓安回了一趟诗山镇，整理家中物品时发现了从未出现在生活中的母亲曾经留下的书信和照片。她第一次走进父母之间的爱情，才发现那是一个荡气回肠的故事。

曾经暗恋过的同龄男生和卓安考上了同一所学校，并对她表白。而她却越来越发现，这么多年来自己的心已经被朝夕相处的席佳明所填满。而席佳明却不曾接受她，面对着自己的卑劣，他心觉无法配上已经可以看到光明未来的少女。

但最后我还是给卓安和席佳明安排了一个圆满的结局。

故事的结尾他们一起躺在诗山镇开满山茶花的田坡上看星星：

"卓安。"

"嗯？"她轻哼。

"我爱你。"他一直想这么说的。

卓安仰起头，天空里星星莹莹发着亮光，那么像泪水。她看着看着，自语似的呢喃，"是吗？好美啊……"

现实生活里，迈入初中的我，也有过这样一段暗涌般微妙的感情。

那时候我和顾铭的名字经常被联系在一起。

英语课上，老师报听写得满分的同学名字的时候，或者表扬班里英文学得好的人的时候，我们俩的名字总是同时出现。在同学们的起哄声中，我会不经意地看向窗外，顾铭则羞赧地涨红了脸。

我并不像表面上看上去那么安静，我会在无人的房间里对着镜子跳舞，一到游乐场就直奔最刺激的过山车，看电影《赎罪》的时候甚至模仿女主角偷偷抽了一支爸爸的烟。

当时的我并不喜欢当时的顾铭。他对我来说就像一个小孩子，他太胆小，太羞涩，太没有攻击性。

然而顾铭虽然羞涩，却并不掩饰自己对我的好感。他会每天睡前给我发一句晚安，有时候是中文，有时候是英文，持续了很长一段时间。

后来有人对我说："如果遇到那种天天给你发晚安的人，你就嫁了吧。"听到这样子的言论我没有作声，只是突然想起丢失的那个手机里，我一直没有删除，甚至保存在备忘录里的那些短信。我也不知道当时为什么不删掉他的信息，自己明明是那种定期会清理短信的人。

也许是温暖吧，当时是真的有过感动的。那种感动，就像是很冷的冬天里吃了一碗热汤面，升腾的热气一直冒到喉咙里。

有一段时间我没有收到顾铭的晚安，感觉有些失落，又有些如释重负，想着也许他已经放弃了。但是隔了一段时间我点开很久没有登录的邮箱，却看见了几十封未读邮件，全部来自一个陌生的邮件地址。看到内容后我就立刻明白了发件人是谁，于是我一条一条地翻过去。

"我手机停机了，没有告诉妈妈。所以发邮件给你，wan'an。"

我在文学网上的笔名是安，所以他的晚安总是很独特。

曾经流行过这样一种说法，晚安的拼音拆开来就是wan'an，"我爱你，爱你"的中文拼音字母缩写也是wan'an。他的意思也许还是："我爱你，安。"

至少我一直是这么理解的。

后来这些邮件被系统自动清理了。原来有些东西，时间会帮你掩埋过去。

顾铭的生日比我晚四个月，却执意要我叫他大哥哥。也好，我从小就希望自己有一个能保护自己的哥哥，带出去就像男朋友一样。他管我叫小朋友，是一个很宠溺的名字。

开始接触摇滚乐，是因为顾铭。

我们两个人的家其实住得很近，他经常在自己楼下的车库里练习架子鼓。我偷偷去听过几次，后来的各种现场音乐会，每次看到打鼓的男人我总是会想起顾铭。

那时候，顾铭喜欢枪花乐队（美国硬摇滚乐队——枪炮与玫瑰乐队）的《不要哭》（*Don't cry*），他总是说："先放一遍给你，再放一遍给自己。"当他说自己一晚上听了七遍《不要哭》，每听一遍都在想我的时候，我不是不感动的。

过了很多年后我才明白，那种想要了解一个人的心情其实也是一种"喜欢"。当时的我给不了顾铭想要的答案，但仍然疯狂地想要了解他这个人。去了解他喜欢的事物、他听的音乐、他看的书。

更多的时候，我会觉得顾铭像一个心意相通的伙伴，许多其他人不能够了解的情绪，他能够懂。

初三上学期,顾铭开始约我一起写作业,有时候在我家,有时候去他家。去他家的那一次,他炸好了薯条等着我。这让我感到很不可思议,因为我一直觉得会做饭的男人一定是好男人,就像父亲一样。薯条很好吃,很脆,我至今都记得。

吃完薯条后我们开始一起看电影——老版的《午夜惊魂》。为了制造恐怖的气氛,我们特意拉起了窗帘关上了灯。并没有像想象中的那样被吓到尖叫,也没有害怕到躲进他的怀里,我唯一记得的是他电脑的锁屏,是我的照片。

也许当时应该装得小鸟依人一点的。可那就不是当时的我了。

高中之后,我去了省城,而顾铭留在了小镇。他还是每天给我发晚安,我有时候回复,有时候不回。

有崇拜我的女同学加我QQ,说想要看看那个顾铭喜欢了五年的姑娘到底是什么样子。她告诉我,我在顾铭的高中很有名。

我会定期浏览顾铭的博客,有一天我看到他写的一篇短文,即便当时我如此冷酷,也被那样的语言击中。

他这样写道:"看你的照片,看着看着,你的眼睛就从照片里凸显出来了。黑夜、月亮、喜马拉雅山一样的堆满雪的峰顶。想你了。偶然会在校园里突然找到你的影子,然后她们就渐渐透明,最后消失了。我先是触电。然后是目送。"

我臣服于他的表达能力和对文字的精准把控。那个时候我们才高一,可我觉得他写得比我看过的任何一个当时的流行作家都要好。

顾铭和喜欢流行音乐的同龄男孩子们不同,因为打架子鼓的缘故,他很早就接触了欧美以及英伦的摇滚乐。他喜欢涅槃乐队,喜欢枪花,也喜欢METALLICA这种重金属乐队。

同样,他对电影的品位也相当前卫,很早的时候他就看了诸如《死亡诗社》这样的电影。《死亡诗社》里那句"Carpe Diem"(拉丁文,意为活在当下)后来成了我高中开始至今未改的QQ昵称。

我喜欢顾铭听的音乐,也乐于和他讨论电影。可以说顾铭是我很多方面的启蒙导师,但那时我并不明白,欣赏追逐一个人和喜欢一个人的区别。

或许我是有意不让自己真正喜欢上谁。潜意识里我总是害怕谈恋爱会影响到成绩,因为我是一个绝对的分数论者,我绝不允许任何事情危及我的名次和成绩。

所以,我也一直只是把顾铭当作一个"大哥哥"而已。

但顾铭始终在我的生活里。我想一段关系里的精神共鸣对我来说是排在第一位的,这在我少女时期就早早埋下了伏笔。

当时我有把一些别人给我的温暖留言截图下来的习惯,顾铭给我的留言和回复也一一被我截图收藏。很久以后我重温那些话语时,内心还是会感到暖意。

当我考试失利自我怀疑时,顾铭对我说:"我知道你因为什么而灰心丧气,但请你千万千万不要放弃。"

当我情绪崩溃陷入抑郁时,顾铭告诉我:"小朋友,你很坚强的。我会一直陪着你(I'll always be there)。"

直到我重新燃起希望雄心勃勃地写下"绝不平凡"时,顾铭默契地回复:"再来一次。"

我们就像忠实的伙伴,在高中三年里通过网络互相鼓励。

有一天，学校广播台破天荒放了枪花乐队的《不要哭》。因为担心打扰班里同学午休，班长擅自做主关了广播，我上前把广播又重新打开。后来广播不知道又被谁关掉了。我则赌气一个人到走廊上去听。

我忘记那个时候是否给顾铭发过一条短信，也许我应该发的。

每天放学后我都去操场上跑步。十五圈，耳机里放的永远是这首歌。我一直觉得这是某种类似信仰或是力量的东西，是不能被忘记的。

听一辈子的"枪花"，做一辈子的小朋友。

高二下学期的时候，有朋友告诉我，顾铭和另一个女孩子在一起了。那是个长得很漂亮的女生，我初中时候就见过。

我感到自己的地位受到威胁，产生了前所未有的危机感。即便是大哥哥和小朋友的关系似乎也不够填补我心里的不安。于是我花了整整一个晚上写了一条很长的微博给顾铭，具体写了些什么内容连我自己也忘记了，也许就是回忆吧。

他给我的回应是，他没有和任何人在一起。他说他看《挪威的森林》的时候，直子总是让他想起我。而我和安，其实是两个人，一个在现实生活里，一个在短信和日志里。很多时候，我只是活在他的想象里。

我感到失落和慌张。

我记得书中那个直子。后来我把这件事讲给某任男朋友听的时候，对方很夸张地笑了："直子不是神经病吗，你应该是绿子才对吧。"

而事实证明，顾铭的判断才是对的。我就是那个敏感的、神经质的、脆弱的直子。对于直子来说，活着是必须有爱的，否则就无法生存。想去爱，想被爱，恐惧、不安、自卑，永远小心翼翼。就是这样想要被爱着。

因为内心太缺乏安全感，也因为太珍惜这段感情，所以不敢打破这样珍贵的关系。宁愿他一直是我的大哥哥，而我心安理得地享受着他的宠爱，虽然很自私，是不是也情有可原？

在心情低落的时候，我曾经和顾铭玩过一个贴吧游戏：问前任三句你还爱我吗。

他不是我的前任，我却破天荒地很想知道答案。他的回答是："爱过。"和贴吧里贴出来的截图回答都不一样，却也是我意料之中的那个。

我似乎永远无法成为他的普通朋友，同时我也已失去在他心里的位置。

5. 初识抑郁

初三时我离家去省城念书。当时我很快就适应了一个人的生活,觉得一个人住的自由实在太过诱人。学校的校长对我很照顾,单独给了我一间寝室,我经常不去食堂吃饭,买泡面和各种零食回来吃。胃口变得很大,也开始喜欢各种肉类,吃饭一定要加上鸡腿。

母亲会打电话过来,不过每次都是类似的话语:不要太辛苦,学习过得去就好。而彼时的我,越是听到这样的话,越是觉得不可以让她失望,于是不能够忍受一丝一毫对时间的浪费。有时候一晚上刷好多套题,对着答案一道题一道题地批改做笔记。因为我从小是成绩优异的孩子,更不能在这种时候令她失望。

而我,却对自己越来越失望。

越来越多个一个人的夜晚,不做任何事。只打开音乐对着镜子跳舞,一直跳到瘫软在床。然后去学校后门的便利店买一大堆食物来吃。似乎只有食物,才能够填补我内心对自己的不满,以及这漫漫长夜的空虚。

隔壁寝室住着学校的体育老师，不知道是在看球赛还是打游戏，时不时会发出"我操"的声音，越来越频繁。起先会觉得害怕，捂起耳朵或者塞起耳机把音乐放到最大。再后来便已习惯。

深夜也会有淘气的男同学来敲门。不说话，只是一阵一阵地叩门。以为是盗贼，我心里全是紧张和不安。到最后，他爬上洗衣台敲窗户的门，我终于崩溃，几乎破音地喊出来："谁啊？"

而窗外的人似乎也被这叫声吓到，匆匆离开。

就这样日复一日，一个人的生活。

母亲还是会时不时打电话给我，我对这样的电话已感到越来越烦躁。平日里积压的怒火只能朝她一个人发，因为知道她是这世间唯一能够无条件包容自己的人，反倒更加放任自己。每次挂完电话便无法做任何事，只是哭，被自己的无理取闹气哭。这样子的次数越来越多，到最后我拒绝和母亲通话。让她有事只发短信过来。

母亲不太会打字，短信总是很简洁。只有在那时，我才能够控制住自己的情绪，才能避免在听到她声音的那一刻崩溃。

一直到高中毕业都是如此。

别的女生在走廊里给家人打电话，一打就是半个多小时。我却不明白为什么会有那么多话可以讲，我已经不愿将自己的生活或者学习与母亲分享。害怕自己失控，更害怕伤害到两个人。

对自己极为苛刻的成绩要求让我感到压力越来越大。因担心虚度时光，我放弃了任何娱乐，但又找不到其他途径排解压力，只有靠吃食物。我开始暴饮暴食，但又害怕发胖，于是一个人在寝室里吃上一下午，再趁无人时跑到厕所用手指抠吐。看到暴涨的胃慢慢缩下去，我才会感到如释重负。然后一天就这样过去。

早些时候，我还会在那些压抑得无法自救的时刻打电话给朋友们。电话本一页一页地翻过去，看到可以打扰的名字，就一个一个打过去。很多时候是无人接听，但我想总会有人接的。电话接通的那一刻，我就像抓住了最后一根稻草，什么也不说，只是声嘶力竭地哭，而对方也不作任何言语上的回应，只是默默地听着。到后来哭累了，我就会开始语无伦次地说话，类似自言自语。

我知道我的朋友们可能都无法理解我这突如其来的崩溃，我也不明白，为什么它们会一次一次突然找上我。

为什么永远都是我？

幸好，还有许多从前的好友与我保持联系。坐在教室或阅览室里做摘抄，安静地看书写信，是最抚慰人心的时光。没有不安，没有崩溃，只有慢慢流淌的时间，那些文字，有的让我感同身受，有的让我备感安慰。

当时与好友佩珀的联系在很大程度上支撑着我。

早在初中时，佩珀的抑郁症状就开始出现，经常会因为学习的压力、不甚悦人的家庭关系和人际关系而崩溃。她告诉我，情绪像一只饱胀的水球，稍微给一点压力，就汁液飞溅。走在路上莫名其妙地就开始哭，一边擦眼泪一边继续流下来。

很多次佩珀站在教学楼的窗前，想要不顾一切地跳下去。她当时的决绝和坚定让我感到害怕。我是一个生性乐观的人，所以无法理解那种枯萎的生命力。

如果不是我和几个好友拼命拉住佩珀，我想我已经失去了她。

当时,我对抑郁症还一无所知,甚至觉得她大概就是做作或是演戏。而长大后当我终于体会了那种每天不知道自己可以做什么,一个人走在路上突然爆发,号啕大哭后,我才明白当时我的安慰对她来说只是聊胜于无。而我也为自己的无知而感到惭愧。

一个人在受伤的时候,所有的安慰都是毫无用处的。

随着抑郁症的加重,佩珀开始用自残的方式寻求解脱,她用美工刀在手臂上一道一道地划刻伤口。我无法理解,却很想体验一下她的感受,因为我是她最好的朋友。

我在家里各个角落寻觅,终于找到一个生锈的刀片,于是试着往手腕上划了下去。因为刀片已经生锈,再加上我的力度不够,一开始并没有留下痕迹。我又试着加大力量,往上面划了划。伤口终于渗出血液。

我用纸巾包住伤口,奇怪的是我并没有觉得很疼。这个自残的习惯我一直保留到高中。学习压力大到无处释放的时候,我就会轻轻割上一刀,看着鲜血慢慢渗透纸巾,竟然会有一种奇妙的宁静。大学之后我再也没有做过这样的事,或许是因为长大了些。但那时候的种种行为,在我的手腕上留下了永远的痕迹。

印象最深的一次,我和佩珀还有几个朋友一起在烧烤店吃饭。她喝了很多酒,在初中时她就开始对酒精沉迷。一直到喝醉,她开始崩溃,哭得停不下来。我不知道那个时候她在想些什么,因为我从来没有尝过醉酒的滋味。即便是后来我抑郁时,也不曾爱上喝酒。我总觉得酒味对我来说很难接受。

或许当时她没有想过去,也没有想未来,只是无助地在当下徘徊。

我试图将喝得烂醉的佩珀带回家，但在楼梯上她用力地甩开我，并捶打我，然后大声尖叫，仿佛我是一个伤害她的坏人。佩珀的力气因为酒精的作用而大得出奇，我不得不喊另一个朋友来一起拉住她。

那是我第一次近距离体验到了喝酒给人带来的坏处。

高中之后，佩珀依然深受情绪的困扰，被男人和爱情伤害过的她开始寻求女孩子的安慰。同时，她对酒精开始越来越依赖，好几次因为饮酒过量而被送进医院洗胃。她总是选择折磨自己，不论是用伤害身体还是摧毁心理的方式。

那时我在省城念书，和她隔着很远的距离，所以无法为她做什么，只能用短信和电话嘱咐她要好好的。

她是一个如此有生命力的女孩子。佩珀很有绘画天赋，总是安静地待在画室画画。她说她的梦想就是考上中央美术学院，我们彼此支持着对方的梦想。那时我想去上海或者香港念书，而她想去中央美术学院，期待毕业之后我们都能考上心仪的学校，高考后的假期一起去毕业旅行。

我们每一天都这样期盼着。佩珀和我也确实朝着梦想努力着。

虽然最终我没有去香港，她也没有考上中央美术学院，但是我们都有着不错的未来。大学毕业后，她去意大利深造，在知名的珠宝品牌工作，回国后自己开了一家奢侈品古着店，在当地反响很不错。而我被知名大学录取，尽管生病后的我没有拥有想象中那般光辉的前程，但也自食其力地做着自己想做的事。

我一直认为佩珀比我更加坚强，比起她来，我其实是个很脆弱的人。我会觉得她的人生比我的更有起承转合，可以写成另一本沉甸甸的书。

更多的时候，我们用文字和书信来鼓励彼此。

我在个人网站上有一篇加密日记，只有佩珀才有权限阅读，那篇日记的标题叫《我想填满你所有感情缺口》。我确实就是那样想的，用我最大的努力，去填满她孤单却坚韧的心。

我们在那篇日记下记录自己的生活，有时候是最近发生的事，有时候是我们的梦和喜怒哀乐。

佩珀告诉我："我们是可以被伤害但也会抵御伤害的人。在强烈的伤害来临之后，我们会产生抗体，可以对抗那些伤害，就像疫苗一样。没有人会像钢铁一样坚强，但每个人都会让自己活得更好，看起来更坚强。"

她虽然总是不开心，却也总是安慰着当时因为学业和各种原因低沉失落的我。她甚至把我们的日记手抄下来，这份对我的重视总是让我感动得想哭。

最抑郁的时候，佩珀会每天出去拍照，然后修片，再接着拍，一天就这样过去了。我在大学时候的抑郁期也是这样做的。不得不说，摄影的确是个很好的缓解情绪的办法。

有一天我点进日记看，佩珀在里面更新了，我看见她写下：

"又去看了小安的日记，又哭了。那天晚上，给她打电话时，我一直哭一直哭，小安却一直笑一直笑。

"也只有你，会记得我笨到吃苹果会咬破舌头吧。也只有你，会记得我走路总是走不稳会摔跤吧。也只有你，会提醒我不可以乱吃东西，乱吃的话会胃痛。

"同样地,我也记得你过敏不可以吃蛋清。同样地,我也记得你冬天总会有讨厌的鼻炎。同样地,你胃也不怎么好。我总是觉得你很瘦弱,可是你已经长得很胖了。

"我亲爱的小安,还是希望你多吃点吧。

"我突然想起很多东西。我们一起去过的肯德基,我们一起逛过的书店,我给你买礼物的地方,我们那天还吃了很多东西。

"小安,只有我们还在一起,我们不要分开。我要和你做一辈子的朋友。如你所说,爱清清淡淡,却一直都在。

"天长地久不离不弃的感情,和恋人做不到这样的,但是和朋友可以。所以小安,我们不离不弃,我一直在这里等你。

"对我最好的是你,对你最好的是我。最懂我的是你,最懂你的是我。我们是最好的朋友。小安,你要记得。"

这篇日记,我保留了很多备份,生怕哪天网站崩溃,我就看不到它了。幸好它一直留到了现在。

时至今日我都这样确信,我们是最好的朋友,最懂我的是她,最懂她的是我。

后来我们都长大了,我经历了更多的事,有了很多好与不好的回忆,当我每一次遇到伤害的时候,佩珀都在我身后。

我们总是很少见面,有时候甚至很长时间也不联系。但不联系并不代表着我们疏远了,我反而庆幸这种不联系,因为联系对方的时候,我们一定遇到了无法掌控的事情。每次她来找我,我总是又开心又伤心。开心的是,她想起了我。伤心的是,她又遇到了不好的事情。

但我们见面的时候一切又是那样自然。她在很远的地方就看见了我，然后飞奔过来给我一个很大的拥抱，一切就如同小时候那样。

后来我考上了杭州排名第三的中学。

再回想起在杭州念高中的那三年，我的活动范围基本在学校周围方圆一公里内，直到高中毕业前，我连最有名的西湖都不曾去过。那个时候我对成绩和分数的执念是很多人无法理解的，就连我自己也无法理解。

皮特沃克在《不原谅也没关系》中说过，那些在童年反复遭受创伤的人，往往会过度依赖4F反应（战、逃、僵、讨好）中的一到两种反应来求生。对我而言，少女时代的创伤或许来自过早离家，父母疲于工作而始终疏于我的情感需求。

那时的我属于战和逃结合体：一方面我拥有"战"型特点，是个自恋的完美主义者；另一方面我也兼具"逃"型特点，对自己不满和矛盾自卑，用极端的方式逃离痛苦，并伴有肾上腺素成瘾的症状，喜欢追求刺激。受迫于完美主义倾向，我同时又是个微观管理者，总是过度地管理所有的细节或小事。

我就像一台卡在"开启"状态中的机器，通过不停地做题来逃避生活，强迫性地被自己想要成功的意念驱使，认为完美可以带给我安全和爱。

我总是极度压抑着自己的日常娱乐需求，连续做很多套题，一直到深夜也不停息，任何学习以外的事情都让我感到心虚。每天早上6点起床晚上11点睡觉，小镇做题家式一直在学习的感觉让我踏实。

高二第一次月考，我考了年级第二，比第一名低了三分。当时第一名的语文作文比我高出二十分，这让一向擅长作文的我很不甘心，于是情绪再次崩溃。哭了很久之后我告诉自己，下次再考，一定要考第一。

我在课桌上用铅笔写下"绝不平凡"，并一遍一遍地对自己说。

随后我对自己更加疯狂地紧逼，每天刷题，看书。同时无处排解的压力只能在看言情小说和暴食催吐之中得到释放。但绷紧的弦总有断掉的一天。

有那么一次，我记得很清楚。

已经连续住校很长一段时间了，连周末也不回家。我嫌车程太过劳累，行李也繁重，回到家除了打游戏亦无所事事，更不想面对母亲。

那一天我在空无一人的教室里做题，望着前不久分数不甚悦人的考卷突然崩溃。拨电话给母亲，带着哭腔，说不想再念书了。

而母亲只敷衍着回了我一句："啊，妈妈在做生意，一会儿再回你。"

所有的软弱都在那一刻汇为恨意。我狠狠地摔掉电话，趴在桌子上哭了很久。擦干眼泪后我开始给旧日好友写信，亦不再接母亲的任何电话。

她不知道那是我最脆弱的时候，我在向她求救。

而那一刻我终于明白，我似乎还不如她的生意重要。

朋友告诉我，其实我可以和母亲好好谈一次。但是没有用，我尝试过。很快就变为争吵。我受不了自己突然而来的烦躁感，随后我就会开始骂人。我讨厌那样的自己，可我无法控制。我知道因为母亲的容忍我已经把此当成了习惯，而习惯，通常是很难改的。

很久以后我在一本书里看到，那些在情感忽视中成长的女孩，尽管可能有着看似一帆风顺的生活，但是内心被压抑的情感却一直在暗流涌动。等到那些暗涌累积到一定程度，彻底喷薄爆发时，往往会以一种或多种人生轨迹的急转弯的形式出现，比如突如其来的重大身心疾病、休学、辞职、婚姻失败等。

我花了将近十年的时间来修复自己年少时的情感创伤，可以说双相情感障碍成了我人生中的一个转变的契机。尽管它来势汹汹无比险恶，却让我突破了对自我的禁锢，重新探索与母亲之间的亲密关系和生命的意义。

回到高中生活，时间就这样在自我鞭策中一天天过去。我迎来了文理分科。

我的数学成绩属于起伏不定的那种，好的时候可以拿满分，但是差的时候也不尽如人意。物理、化学并不是我所擅长的，政治、历史、地理却总是可以让我拿到年级高分。和家人商量后我选择了文科，因为在文科班我可以继续保持成绩名列前茅。

高三下学期，在母亲的建议下我参加了华约（以清华大学为首的7所高校组成的，简称华约联盟。是为了选拔合适人才联合举行的统一考试组织）自主招生考试。

2013年4月，我通过了上海交通大学的笔试，未来终于慢慢变得清晰可见。

笔试通过后不久，父母陪我一起前往上海参加上海交通大学的面试。那是我第一次去上海,对这个城市我一直充满了向往,而真正去了之后,也没有让我失望。

上海交通大学的闵行校区很大,我们住在校内的一个招待所,我把考官可能会问到的问题都认真地写在了笔记本里。面试前一晚,我在房间里紧张地温习自己所准备的考题。

第二天的面试格外顺利。考官是一个慈祥的老教授,他并没有问我一些很刁钻的问题,反而问了一些很有趣的事情。比如,我会在闲暇的时候看什么电影,有没有喜欢的电影人之类的。我告诉他我喜欢看王家卫,最中意的电影人是张国荣。

后来他又问我《东邪西毒》和《东成西就》的区别,以及为什么王家卫总是戴着墨镜。我当时怎么回答的已经忘记了,但是我记得我的回答让他笑得很开心。

我甚至跟他讲了闲暇时候写小说《暗涌》的事情。

很快,我接到了通知,被上海交通大学提前录取。

被录取之后的高三后半学期,从不敢放松自己的我,终于开始有了娱乐的时间。我开始跟同学一起出去看电影,并惊奇地发现,原来出门看电影是这样快乐的一件事情。

高考对我来说已经是一件毫无负担的事,我因此变得有些懒散,在学习上也有些懈怠。到高考前的最后几个月,老师甚至允许我坐到班级最后一排,做自己的事情。

6月的高考很快到来。

因为母亲的生意繁忙,所以父亲来杭州陪我考试。

高考前一晚,我和父亲在酒店里一起看了三部电影。我丝毫没有考前的紧张。

和所有的高考季一样,那天下着很大的雨。而我和父亲只有一把伞。将我送进考场后,父亲把伞递给了我,自己却淋着大雨。我有种想哭的冲动,把眼泪留在了雨水里。

高考就这样普普通通地结束了,和任何一场考试一样。我没有去纠结考试最后的成绩,因为我去向已定。

那时,顾铭考进了杭州最好的大学,来到我生活了三年的城市。高考成绩出来之后,他对我说,因为没有能和我考进同一个学校而感到心痛。我被这样的话感动了。我也确实渴望和他在一个学校,那样我们就可以一起在假期坐动车回家,彼此有个照应。我希望每一次坐车回家,身边靠着的不是硬邦邦的座背,而是另一个人的肩膀。

大学时期,我和顾铭仍然保持着联系,会在生日时给彼此寄礼物和写明信片。

十八岁生日那天,我收到了顾铭寄的明信片,我至今保留着。上面摘录了李志写的《关于郑州的记忆》里的歌词:"似是而非或是世事可畏,有情有义又是有米无炊。时间改变了很多又什么都没有。让我再次拥抱你,小朋友。"

我特意上网查了那句歌词的含义,意思是"貌似是对的实际却并非如此,世事无常让人生畏。虽是两情相悦有情有义,却是有米难做,更让人徒增伤感"。

或许这是他的内心写照,或许也预示了长久以来我们俩之间的关系。

那年顾铭生日,我提起很久没有写字的毛笔,为他写了一张书法作品：毛笔字版的《关于郑州的记忆》。我把同样的话，送还给了他。

假期的时候顾铭来上海看展，约我一起。我们一起看了雕塑展，去了田子坊，那一天我格外地开心。分别的时候顾铭拥抱了我，就像我们每一次告别那样。

再后来，情窦初开的我谈了男朋友，沉浸在初恋的美好当中，顾铭默默淡出了我的生活。

6. 成都一夜

大学的第一任男友叫林彧，是德语专业的。为了他，我曾经学过两个月的德语，不过只会了一些皮毛。如今除了早晚安、谢谢、再见这几个基本用语外，其余的几乎已经忘记。

原来记忆也分临时和永远，但毫无意外和他有关的事情我全部都记得。那段恋爱，也为我后来的躁郁爆发提前埋下了火种。

起初，林彧是我的网友，我们在同一个大学新生群里。有过几次聊天，却从未见过面，也不知道对方的性别，当时我从未想过两个人之间会发生后来那些故事。

我们第一次见面是在学校的图书馆里。我站在门口，辨认着进进出出的每一个人。我确信自己能一眼认出他来，而事实也确实如此。

那天他穿着宽松的黑色T恤、七分牛仔裤，竟然还穿了一双人字拖。而我为这场见面特意精心打扮过，就在那之前，我还去盥洗室整理了一下发型。我没有想到林彧对我们的第一次见面，竟这样随意。

我故意嗔怪他,像是认识了多年的老友般。"我可是精心打扮过的,你就这样来见我啊?"

"自然就好了。"他回答。

我喜欢林彧的声音,也喜欢他这句话。他看上去并不是话很多的人,所以气氛显得有些尴尬,起码,并不是那样自然。我闻出他身上喷了香奈儿的男士香水,分不清是哪一款,却非常好闻。

是个生活精致的男人,我这样想。

后来,林彧经常约我出来,多半是去图书馆。两个人坐在靠窗的位置上,也不多交流,只是看各自的书。我知道他是个有着很大梦想的人,而我,似乎很喜欢他的梦想。因为自己本身是太懦弱的人,对生活即便不满也从不付诸行动让之改变,在反复压抑后总是陷入崩溃。

这就是我的生活,在遇到林彧之前。

林彧总是显得很疲惫,经常趴在桌子上就能睡着。阳光打在他的脸上,精致的五官凸显了出来。我总是想用"精致"来形容他,他的相貌、他的生活方式、他对待事物的态度。他是我一眼看到就很有好感的那种男人类型。

我对他一见钟情。

我似乎从来没有这样小心翼翼地喜欢过一个人。会经常在林彧睡觉的时候偷拍他。当时我还在用三星的S4手机,相机功能有一个缺陷就是不能去除快门声。我总是先忐忑地喊林彧的名字,等到没有任何回应时才敢按下快门键把他拍下来。

很久之后我翻着那些睡颜照,感到了当时甜蜜又忐忑的心情,那是我喜欢的人,有我期待的未来,有日后的自己。

林彧当时只是我的普通朋友,但他似乎并不喜欢我和别的男生接触。

有一次我在图书馆,我所在的合唱小组的一个男孩子向我借东西,顺便坐下来跟我一起自习。林彧给我发消息,问我在哪里。我告诉他我在和一个男同学一起自习。他就马上赶来找我,以一种居高临下的眼神审视着那个男生,直到把对方逼退。

他本不该在那时候出现的掌控欲,竟然让当时的我感觉到一丝甜蜜。

大一那年的中秋节,林彧邀我一起去他寝室过。他的室友很识相地一早就出了门,他担心到时候自己还在睡觉,就提前给了我寝室门的钥匙。我握着那把钥匙,像是握住了某种誓言。

他果然还在睡觉。我就坐在他的书桌前等他。

林彧床边的墙纸上是骷髅的形状,他喜欢那些阴暗的东西,觉得那样才足够真实。而现实里的人,被层层盔甲包裹着,已经分不清真假。我不知道当时自己看到的林彧,是真还是假。

中途林彧的室友回来了一次,带了早餐和甜点。他被声音吵醒,看到我,吓了一跳,在床上嚷嚷,扭捏着不肯下来,突然变得像一个小孩子。

他说:"你怎么真的来了?"

我哭笑不得。

"你都把钥匙给我了,我能不过来吗?"

林彧没有穿上衣，裸露着的背对着我。我望着他，这是我第一次仔细地看一个男人的身体。林彧学过跳舞，学的是陆冲（pumping）。后来他给我看之前演出的视频，我忽然后悔，为什么在小时候父母让我学跳舞时断然拒绝。

我曾经是体操队的成员，却因为害怕劈叉的疼痛而在最后关头落荒而逃。倘若当时我坚持下去，或许我们可以多一些共同语言。

林彧开始一边漱口，一边收听英国广播电台（BCC）的广播。我仍坐在那里，并没有无所适从的紧张感。和他在一起总是感觉很舒适，他是个让人容易接近的男人，除了第一次见面。

我也终于看到他香水的牌子，是香奈儿蔚蓝男士香水。这款香水有着柳橙和柠檬的前调、雪松的中调、茉莉和广藿香的收尾。意思是自由。

后来我爱过的男人，几乎都有一个共性，那就是热爱自由。同样地，我也是如此。

很长一段时间里，我走在路上，闻到相似的气味都会忽然回头在人群中寻找，我好像没有想过，倘若有一天，林彧换香水了呢。我又该怎么找到他呢。

林彧招呼我坐到他身边，给我听他电脑硬盘里的音乐。吃早餐的时候，他对我说张嘴，接着把自己咬过一口的食物喂给我，我忽然间愣神，为这过于亲昵的动作。我觉得那一天我们似乎像是平淡过着日子的小两口，林彧在淘宝上买东西，而我蹲在他的身边，做着自己的事情。林彧会偶尔回过头来摸摸我的头，一切都默默无语却又那么和谐。

我开始有些迷惑，他对我，究竟抱着什么样的情感呢？

林彧叫我猫猫，说我看上去就像一只听话的猫咪——安静、乖巧，或许潜台词是，召之即来，挥之即去。但当时的我，却那么喜欢那个听起来宠溺万分的名字。

我们一起去逛超市，林彧推着购物车，我在前面跑。我兴奋地拉着他走东走西，像第一次逛超市的小朋友，见到那么多的东西开心得不得了。林彧无奈地跟着我走，望着我笑，显得包容。在超市里走失，我并不感到慌张。因为林彧的个子很高，我踮起脚四处一看就可以找到他。

那天之后，我被自己汹涌的感情所填满，我想我应该告诉他，我渴望得到同样的回应。然而林彧的回答却是："我们不是好朋友吗？"

我看着对话框流下泪来，质问他是否对所有女性都这样暧昧，喜欢让人在错觉中沉沦，是否我只是他一个好玩的宠物。

林彧说他不知道事情会发展成这样，他从一开始就把我当作很重要的朋友。

我突然崩溃，带着恨意问他："那为什么是我？"

"有些人，第一次见面就知道。"他这样回答我，竟又让我无言以对。

后来我才得知林彧是有女朋友的。我想我一定要离开他，但那时的我却觉得自己从此将丧失恋爱的能力，再也看不见其他男人。

林彧打电话给我，我听到他疲惫的声音，他说："别哭好吗？"

我在电话这头沉默，告诉他，我们不要再联系了。

他不允诺，绝不答应，说："我们还是可以经常一起去图书馆，一起看书，喝咖啡，我会尽量抽时间陪你。"

可是这算什么呢?

我心有不舍,于是到最后还是妥协,接受了这种莫名其妙的关系。我们在不同的场合同时出现,彼此心照不宣。我特意去林彧经常去的餐厅吃午饭,总是掐着时间,制造着所有能够偶遇的机会,只为了多见他一面。偶尔他会和女朋友一起出现,我看着他们谈笑,看他为女友夹菜,觉得自己像个天大的笑话。

后来林彧又约我去图书馆。我向他问起这件事,问他为什么从来不告诉我自己有女朋友。他沉默了很久,才说:"我们都不想让太多人说闲话。"我趴在桌子上,流泪,自己也不知道为什么突然又开始脆弱。他陪着我沉默。

最后我擦干眼泪,笑着对他说:"我去你那,我们打牌吧。"

走在秋夜里,落叶随着寒意窸窸窣窣地飘落。林彧走在我前面,背影显得落寞,他转过身来望着我,我从来没有看过那么忧伤的眼神,似要马上落下泪来。

他对我说:"以后我们都不要涉及这个话题了,好不好。"

我走上前,说:"好。"

只是越来越孤独。

我一个人在陌生的城市乘错车走错路,周围都是我不认识的事物时,有一种被全世界遗弃的感觉。

当我一个人购物,拎着大包小包走回宿舍的时候,多么渴望有一个人能够帮自己一把,可以不再狼狈。

当我一个人在图书馆看书,一直待到图书馆关门,很冷的夜里我一个人走回宿舍,那个时候觉得自己好无助。

不是没有男生追求我,可那时我的眼睛里,只容得下一个人。

可那个人却从来不属于自己。我说不清那是一种什么样的感觉，只是愿意迁就他，想要见到他，和他待在一起，喜欢他身上香奈儿蔚蓝男士淡香水的味道。 我一个人躲在自己的孤岛恋爱里，带着一丝悲壮。

林彧和女朋友的关系并不稳定。他的女朋友对他并不太上心，他也经常约不到他的女朋友。

他时常感到寂寞，一个人在寝室里喝酒。我发短信给林彧的室友，让室友买食物给他。我希望他快乐，即便是建立在我的痛苦之上。

林彧开始叫我乖乖，在反复失望之后他在我身上寻求安慰。他开始在夜里约我出去，经常是很冷的冬夜。有一夜我陪着林彧在学校的湖边吹风，他抱着我，听我说了很久的故事，说到我自己眼泪都流下来。我泪眼蒙眬地问他："你会觉得我是神经病吗？"

林彧很久没有说话，后来才低低地回答了一句："我在你身上看到了曾经的自己。"

忽然间我感到自己内心的暖意，那是一种，终于找到一个能够理解自己的人的相依感，我感到自己在他的怀抱里是那么安全，一切不愉快都在那一刻烟消云散。对于在情感忽视中长大的我来说，当我打开内心被对方接纳和照顾时，我的内心所涌起的波动是巨大的，这种强烈的情绪让我认为自己遇到了真正的爱人。

林彧对我说："乖乖，为我变得好起来，内心有力量，爱自由，喜欢我，喜欢并不难过。"

他对我其实很好，会在我说冷的时候送衣服给我，会在我不想吃饭的时候带食物给我。每一次见面我都有种做贼心虚的感觉，每一个拥抱和亲吻我都带着不舍。我那么贪恋他的温度和身上的味道，他的衣服我一直舍不得洗，害怕一旦洗了，就不再有那个味道。

那么多个夜晚，我抱着林彧的衣服入睡。就像抱着他一样。

周围的朋友都对我们俩的关系心照不宣。

我问林彧，我还要等多久。他说："一年好吗？等我一年，等到她自己跟我提出分手，等到一切都好起来，我们就在一起。"

我就那样等待着，等待每一晚他的晚安短信。每一天清晨睁开眼我脑海里就会浮现出他的样子。我觉得自己又变成了孩子，我开始对着他撒娇，而他似乎也喜欢我这样。

他喜欢叫我乖乖，我就真的努力表现得很乖，生怕自己有一天不乖了，他就不要我了。我扮演着一个讨好者的角色，尽力做到他想象中的那个人的样子，他喜欢我什么样，我就变成什么样。

林彧没办法一直陪我，周末时我一个人出门逛街，逛到和他名字谐音的"小鱼"相关的任何物件，我都会用手机拍下来，不知不觉就存满了整整一个相册。

我打电话给好友，欢喜地和她分享第一次谈恋爱的奇妙感受。原来谈恋爱时真的会像她从前那样，逛街看到好吃、好看的东西就想带回去送给他，自己舍不得花的钱都愿意花在他身上。

终于，一切开始爆发。

朋友的生日晚会，林彧和我都在。他的朋友们问起了他的女朋友，他尴尬地看了我一眼，说他们很好。我忽然就受不了，站起身来对寿星说我身体不舒服先走了。事后林彧发短信给我,指责我:"你能不能在外人面前表现得正常一点儿?"

我感到委屈。已经到了这样的地步,我还要忍,还要装作若无其事。我回复他:"如果我表现得不正常,我当时在那里就哭出来了,你知不知道?"

林彧心软,让我晚上到他那边去住。黑暗之中我们挤在窄小的床上,他伏在我的耳边对我说:"我知道你很辛苦,明年我们就在一起好不好。"

我的心因为这句话而开始明亮起来。明年就在一起,那时候已经快要十一月。

幸福就快要来了。我对自己说。

那晚最后我们和衣而卧,并且一个人的头对着另一个人的脚,刻意用这样的姿势睡觉。林彧对我说:"做爱这种事,要等到结婚才可以。女孩子要懂得保护自己。"我为他的话感到安心、温暖,认定自己找到了对的人。

许多朋友开始明里暗里指责他"吃着碗里的望着锅里的"的行为,说他无耻,说他是禽兽。甚至有师兄挑明了从此不会与他再联系。林彧受到很大的精神压力,在两个女人中间周旋,终于崩溃。

他对我说:"我们分开吧,我和那边也分手了。两边都断了,你放过我吧。"

我一个人坐在寝室的阳台上吹风,身子蜷缩成一团,脑子里一片空白。我不知道一切怎么会变得这样,明明前一晚他还亲吻着我的头发,告诉我明年就可以在一起。

林彧在深夜发短信给我,问我:"是不是分开也要这么惨烈?"

我打电话过去,他没有接。他说自己喝了一夜的啤酒、洋酒,头痛得快要裂开。我也心痛得快要裂开。

来不及等到第二天,我就去了他宿舍,问楼下阿姨要了钥匙,进了他的房间。

他看到我出现,愣住了。甚至都没有问你怎么来了。直接无视我,爬到床上蒙上被子。然后我听见他的抽泣声,很小,呜咽着,却很脆弱。我脱掉外套爬上去,从侧面抱住他,说:"让我陪陪你好不好?"

林彧蒙着被子,不让我看到他,他对我说:"求求你放过我。你是南湘(郭敬明《小时代》中的人物)吧,所以你喜欢人渣,你是犯贱吗?"最后他说:"你走吧,你在这里我更难受。"

我感到了自己的多余,无所适从地躺在那里。我背过身去,泪水顺着脸颊流下来,我知道他也在哭,可我无能为力。这是我第一次看林彧哭,我觉得自己的心都快要碎了。

然后我下床,穿好衣服,带上门,离开。我知道这一切都应该结束了。

离开林彧之后的每一天,我开始跑步,一圈又一圈地跑。忘了是哪一部电影里说过让一个失恋的男人去跑步,泪水蒸发成汗液就不再伤心。

我的耳机里循环播放着陈奕迅的《孤独患者》:"我不唱声嘶力竭的情歌,不表示没有心碎的时刻,我不曾摊开伤口任宰割,愈合就无人晓得。"

只有在夜里奔跑时,我才能忘记所有失望和心碎的时刻。只有心突突跳动的时刻,我才能忘记他和我那些并不愉快的时刻。

跑完步的时候我的心又开始拉扯,打开手机录音机录音给林彧,我唱了何洁的《你一定要幸福》,唱到声音哽咽。

我对着录音机说:"我好像没那么难过了,跑步的时候也不想你了。"然后把录音发到了他的邮件里。

林彧很快回复,他听哭了。

我们又在一起了,在林彧二十岁生日的时候。

我拒绝去参加他的生日聚餐,害怕见到那些昔日共同的朋友。但是我花了一整天待在寝室里,为他准备生日礼物。我把我最喜欢的林彧的相片洗出来,背后写上字做成明信片,还折了九十九颗星星放在礼品袋里。他曾带我数星星,告诉我星星多的夜晚代表第二天天气晴朗。我才发现我什么也没有忘,全都记得。

2014年的跨年夜我们正式在一起。林彧带着我去徐家汇跨年。两个没有任何出行准备的人在地铁站口进进出出。我面对林彧总是局促,太害怕失去,太明白这来之不易,反而更加不知所措。

他开始对着我发脾气:"为什么你都不说喜欢什么,问你什么你都说不知道?"

情急之下我又说了一句:"我不知道。"

我们在一起的日子并没有想象中那样幸福。我总是畏畏缩缩,林彧对我的要求似乎很高,经常拿之前的女朋友来和我比较。我觉得自己活得很累,于是又开始暴饮暴食。每次一个人吃到胃痛,然后跑到厕所全部吐出来,腮腺因为电解质失衡而肿胀,我觉得镜子里的自己越来越丑,经常整个脸整双眼都是肿着的,更加不愿意见到他。

每天除了吃东西，我想不到任何事。我会在室友出门跑步时下楼买东西吃，然后在她回来之前跑去吐掉。从来没有被发现，装作若无其事，像是一个正常的人。

可林彧仍然嫌我不够纤细，所以我开始减肥，从节食，到绝食，再到控制不住地暴食。经常独自一人买一大堆零食坐在电脑前疯狂消灭完，全部的注意力都集中在食物上。

我耻于让同伴们知道我有这样的习惯，更不愿意发胖，所以每次吃完后我都会去吐掉。看着圆滚滚的肚子恢复到原先平坦的样子，我才觉得一切又好了起来。可是这一切是个死循环，第二天继续暴食，然后催吐。

那段时间情绪经常失去控制，一个人从食堂这头吃到食堂那头，因为怕被人发现，就换个食堂，或者去便利店接着吃。我用厚厚的衣服裹住自己，害怕被别人看见我已经凸出来的胃。我停不下来，已经失去了饱和饿的概念，只有撑。只有吃到撑，我才觉得心情好一点。接下来就是把刚刚吃的食物都排出去。

一天一天地，我对自己的行为感到羞耻。

当我哭着将食物塞进嘴里时，我知道一切都已经完了。当我吃完一份正常午餐后仍然感觉不到饱意时，我挣扎过，真的挣扎过。我告诉自己已经够了，不应该再吃了。可是身体已经坏掉了，所以不能够给我正确的信息。于是我又屈服了，买了许多面包零食拎回寝室。我逃掉下午的课，一整个下午都待在寝室里吃东西。

食物让我安全。除了食物，这世间什么东西也不能让我相信。

直到终于影响了学习和正常的生活。紊乱的饮食习惯开始控制大脑的思想，每天除了吃东西已经做不了任何事。我打电话给佩珀,大哭,崩溃,告诉她我完了。她安慰我,每天发短信提醒我按时吃饭,问我吃了什么。

但这一切并没有好转。

她终于对我说:"你告诉阿姨吧,或者回家休养一段时间。"

我躲在阳台给母亲打电话,而她似乎只是以为我贪吃,我冲着电话大吼:"我已经不能够正常学习和生活了,你还觉得我只是贪吃吗?"

再后来母亲又开始经常打电话和发短信给我,劈头盖脸第一句就是,你现在一个人吗?有没有在吃东西?今天吃了什么?我什么也不想回答,只觉得满心的羞耻感。有的时候明明情况已经好转,她这样的一个电话又会让我重新崩溃,像是一种"我不正常"的提醒。

母亲建议我去看看心理医生。

我感到更深的耻辱,就像是蛇一样攀附在我心里。我没有病,凭什么要去看心理医生,我拒绝了。

林彧对此一无所知,依然经常发一些激励人心的文章给我,告诉我人生应该怎么走。我几乎又要崩溃,我的人生就是这样啊。我就是平凡、普通,为什么要活成他想象里的那个人呢?我对自己越来越不满,对这份感情也越来越无力,我甚至不愿意再和他聊天,每天除了例行公事的早安、晚安,再没有其他话可以说。

但我是爱他的。我不明白为什么好不容易走到一起,一切却不能像预想中那样。

那年寒假我们原本计划一起去杭州旅行。但是我临阵脱逃了。他一个人去了那里,在朋友圈发了几张落寞冬景照片。我没有点赞。

2015年，这段感情无法再继续，我提出了分手。

林彧打电话过来，说想要好聚好散，最后好好谈一谈。他留给我的最后一句话是："下一次，找一个阳光一点的人吧，两个不快乐的人在一起，只会越来越不快乐。"

我流泪，却感到如释重负。我终于不用再背负另一种不属于自己的人生，不再做他想象里的那个人。不再是乖乖，不用一直听话，也不用一直小心翼翼。

离开林彧之后，我出奇的平静。没有伤心，也没有哭。

之后的暑假我去了云南。

我喜欢在坐飞机时听马克西姆的《伊洛瓦底江之水》，这首歌还有一个名字，叫"远离仰光"。每次听这首歌，整颗心都会平静下来，像是真的远离了什么地方，只有时间和江底的水在静静地流淌。

我喜欢坐夜间航班。凌晨的机票最便宜，如果可以，我喜欢坐靠窗的位置，从飞机上向下看城市的样子。一整座城市，迷离在缤纷的霓虹灯之中，然后瞬间被黑暗覆盖，而后又出现。就像幻觉。

从上海到昆明的几个小时里，我一直做着这样的事情。窗外下起暴雨，有乘务员来解释前方有雷暴，飞机将在成都停留，稍后再起飞。我拉下遮窗板，关掉阅读灯，把身体蜷缩起来，隔壁的男人在看1993年版的《唐伯虎点秋香》，时常忍不住笑出声来。轰鸣闷热的机舱中我闭上眼睛，试图忘掉一切让人失望的事情。

在成都过了一夜。我从来没有想过，自己竟以这样的方式来到了成都。林彧就是在成都长大的。一年零三个月，终于在这一刻画下了句号。

回到机舱里,脸开始发烫,就像被阳光灼伤后留下来的温度。我跌跌撞撞走到盥洗室,把冰冷的水扑到脸上。望着曾经那样炙热的爱情,眼睛灼痛,我终于不再有泪水。

而这一切,终于结束。

云南很美,我真想留在大理过一辈子。每天睡到自然醒,起床抬眼望去就是开满蔷薇的庭院。楼下出门就是集市,卖东西的商贩也随兴,什么时候起床了就什么时候开张。我在集市里买了一个吊坠,木制的,正面刻着"找个人",反面刻着"嫁了"。我很喜欢它的设计,精致又不会觉得烦琐累赘,有很独特的地域风情,也很符合我的心情。

云南之行结束后不久,我意外看到了长江迷笛音乐节的消息,并联系了学校里的票贩,买了迷笛的三日套票。就在那时候我遇到了苏航,电光石火的爱情再次点燃了我。不幸的是,如期而至的双相情感障碍让一切戛然而止。

尽管如此,当爱情破碎,苏航之于我,仍然有着重要意义。

7. 堕落岁月

与苏航分手之后的新学期，我重返校园。

乐队联盟那边再也不敢去，害怕遇见曾经的朋友。一个我和苏航共同的朋友对我说："你无疑是学校最朋克的女人。"他还让我坚持下去，做 GG Allin 那样的人。可我已经不敢做那样的人了。逝去的时光和毁掉的人际关系是无法挽回的，对自己和他人的伤害也是无法弥补的。

有一晚，我去了苏航参演的音乐演奏会。他站在舞台上，那是我第一次亲眼看到苏航的演出。我没有像想象中那样疯狂地摆动身体甩着头，没有尖叫飞吻，没有跑上去献花并给他一个很大的拥抱，那些曾经想象过的画面全部没有。只是安安静静坐在座位上，用手机录下了演出的全过程，之后的演出我已无心再看。

苏航下场后就坐在离我一米的座位上。一米，那么近，一伸手我就可以碰到他。

可是心和心的距离，却再也不会靠近一厘米。

我觉得舞台上的苏航不再那么光芒四射,我不知道是哪里出了错。我可以平静地看完他的演出,却无法平静地面对这个人。

中场休息的十分钟,我在礼堂外的走廊上看到了苏航,两个都点着烟的人连四目相对都没有,但我确信他已经看到了我。我戴着帽子在冬夜里哆嗦,听他和另一个男孩子说着些什么。

闭上眼的时候,真的以为苏航会像以前那样,从背后抱住我,问:"我演得好不好呀?"然后我就可以撒娇着回答他:"不好不好才不好呢。"

但他自始至终都没有往我这边踏足。直到我听见苏航对同伴说:"太冷了,我们进去吧。"那个瞬间我几乎要掉下泪来,我真想过去拉住苏航,用自己都听不见的声音对他说:"我在这里啊,你看不见我吗?"

但我站在原地没有动,我的身体连同心一起僵在了冬夜里。似乎也习惯了什么都不去做。也许结束了就是结束了。

几个月之后,我发现苏航有了新的女朋友,我感到悲伤,悲伤到愤怒。

更让我难过的事,我看到他的新女友在微博上写他们的恋爱日常和未来憧憬,比如去新西兰结婚。同样的话,苏航也对我说过。原来去新西兰结婚只是他一个人的计划,而结婚对象即使换一个人,也没有关系。

受到打击的我,开始在自己一个人的世界慢慢堕落。

我在新下载的交友软件上漫无目的地划,试着找别的男人。明知道对方的企图我还是去赴约。对方抱住我的时候,我整个人都在发抖。

和不是苏航的男人做爱。我流泪了。

不是这样的，不应该是这样的。

然而当时的我恶毒地想，这样我们就扯平了。

有一次，我躺在一个陌生男人的怀里对他说了我和苏航的故事，黑暗里我看不清对方的表情，只听到他一句回应："我真的不知道应该说什么。"

我其实并不期待那个人的回答，我只是想随便找个人倾诉。

那是一个刚认识没多久的男人，彼此之间并没有爱情。从对方的身体上获取温暖和短暂的陪伴，也许仅此而已。

我渴望的，无非是人与人之间无限的贴近。简直可以说是为了这样的贴近，就连做爱也可以。我看着那个人的眼睛，他陌生的面庞，竟然也生出了一种奇特的情意。但我心里也清楚这种情意什么也无法代表，甚至无法分辨是寂寞、欲望还是别的。

新认识的那个男人是我们学校的高年级学长。第一次见到他时，我还带着抗拒的心情。但是他俯下身开始吻我，带着难得的温柔。

在他睡着的时候，我去卫生间点了一支烟。不知道出于什么原因，并不想让他知道自己有这样的习惯。黑暗里看着镜子里的自己，手中夹着的烟头燃起微黄的光芒，我突然感到很渴，于是打开水龙头喝水。我想当时我的脑子是放空的，里面什么也没有，只有寂静。

这个男人是亲切的，至少，我并不讨厌他。

这种感觉既熟悉又陌生，所以我感到慌张了，太久没有期待过什么,久到以为自己已经忘记了这种心情。我无法否认,在之后的第二天、第三天,我都是渴望再见到他的。然而渴望和期待让我烦躁,于是我点燃一支又一支烟。

平静下来后有一个念头一闪而过,如果这段关系足够长久,或许有一天他愿意爱我,我就戒掉烟。就像《春娇与志明》里他们因抽烟而相识,相约一起戒烟那般。

可是这样的可能性几乎为零。因为一开始的相识就偏离了正常恋爱的轨迹。不过还好,我也并没有期待得到更多的东西。至少,不会像以前那样期待了。

那一整夜都没有睡意,我眼睁睁地看着窗外天一点点亮起来。明知道是错觉,在第二天清晨看到对方醒来然后亲吻的时刻,我还是会觉得快乐,就像我们是认识了很久的伴侣一样。我知道,我又开始了我最擅长的"移情"。

早晨吃完早饭躺在床上一起休息的时候,那个陌生男人问我,你现在的状态是接近你上一次恋爱前,还是恋爱时的。

我的回答是,前。

因为后来,我再也不是放肆的朋克少女。

没有写过只有夜里万籁无声时才会流淌的诗,没有整日整夜画着别人未必能懂的线条,没有为自己拍张正经照片。唯一不变的是,我还是希望当一个平平凡凡的好女孩,还是希望走上海盗船的踏板。

"走上海盗船的踏板"的另一个意思是坠入爱河。

无论经历多少次惨烈的结局,我都是这么盼望着。

学期中途，我回过一次家乡，顾铭陪我一起在路上闲逛。他默默地陪伴着当时处于抑郁状态的我。

我的心情很低落，一直低着头不说话。

那一晚，我们在小酒馆吃饭，吃完饭后我坐到他的身边，不知不觉躺在顾铭的腿上。

他终于俯下身来吻我，那是我们第一次亲吻，在此之前，我们连手都不曾牵过。我感到一份令人泪目的温柔，我从来没有被人这样温柔地吻过。非常珍惜地，带着那么多年来深重的情意和怜惜。顾铭的嘴唇很软，就像果冻一样。

我灰蒙蒙的心慢慢被打开。

饭后顾铭送我回家到楼下，那是第一次，分别的时候他没有抱我。那天以后，顾铭刻意减少了和我的联系。

按捺不住内心困惑的我又找了一次顾铭，在他生日的时候。我坐车去杭州他的学校，想要给他一个惊喜。但他似乎并没有我想象中的开心，只是带我去了学校附近的粥店喝粥。那天的白菜排骨粥特别香甜，我吃了好几碗。

吃完饭后，他告诉我有朋友要给他过生日需要先走，就留下了我。我只有去找其他和他同一个学校的老朋友，并给自己订了一个房间过夜。

第二天坐车回上海的路上，我凄凉地自嘲，感叹自己迟来的多情和自不量力。那时我已经经历两段失败的恋情，被双相情感障碍折磨，是个满身情伤的黯淡病人，早已不是他记忆中那个洁白无瑕的初恋对象。优秀如他，显然值得拥有比我更好的人。

或许是在顾铭那里受挫而赌气，又或许是为了不让自己再次掉入爱情的陷阱，我也忘了为什么不再见之前那个男人。

总之，我开始了下一场赴约。

"你知道吗，浪子也是会为一个人停留的。"

初识孟子霖的时候，他坐在酒吧的吧台上，手里拿着一杯高烈度鸡尾酒白色死亡（White Death），昏暗里我看不清他的神色，而他就是这么对我说的。

"喝喝看吗？"他问我。于是我尝了一口那杯白色死亡，没有像死亡那么恐怖，只是有点眩晕，就像接受天使的亲吻。凶烈的刺激和辛辣的口味，是粗暴的感觉。

那是我第一次去酒吧，是个学校对面的清吧。占地不大，去的也都是学生，偶尔会有小乐队，大多是朋友聚会或是夜晚无处可去的人。我就在那里，喝了人生中第一杯特调鸡尾酒。它叫作龙舌兰日出。

我从来没有看过真正的日出。而那一夜，我想我看到了。

孟子霖大我两届，他来寝室楼下接我的时候，骑了一辆还算拉风的小电驴。我像坐自行车后座一样，斜着坐了上去。他嘲笑我说："不用那么淑女。"

孟子霖不算好看，却长得高。他的身上有一种奇怪的气场，让人无法抗拒，这也许是那时候我上他的车的原因。学校的圈子并不大，孟子霖和苏航也有共同的好友，但我当时根本不想管这么多，我只想放纵自己，随便找个什么人救我。

"想去哪里玩？"孟子霖问我。我答不上来，也没有主意。我不知道那么多人之中他为什么选中了我，或许是看到了我们性格里相似的成分，谁知道呢。

后来我们去喝酒，孟子霖教我玩基本的色子游戏。我曾经看到，经常流连酒吧的女性朋友玩得风生水起，然而对棋牌一窍不通的我却花了很长时间才学会了一点。

送我回去的时候孟子霖握住了我的手，而我也就任由他牵着。然后他侧过身把我揽进怀里，我有些不知所措，却隐隐约约知道这是必然的，从我坐上他的车开始。

孟子霖是个危险的人，但我并不感到害怕。我抱着破罐子破摔的念头，生活已经这样坏了，还能够坏到哪里去呢？

我每天漫无目的地活着，穿梭在校园里，不知道哪一处属于我。我已经放弃打扮自己，每天素颜出门，不在乎任何人的目光，只是对这样自暴自弃的自己越来越失望。

有时候蒙在被子里哭，无声，或是哭到抽噎喘不上气来。睡眠总是很浅，经常做梦，即便是午休短短半小时内也会被梦魇缠身。有时候会记得梦的场景，被追杀，在密室里，所有门都是锁着的，看着身边的朋友一个一个被发现，亲眼见证他们的死亡。我躲在桌子底下，成为唯一的幸存者。总是做这样奇怪的梦，杀人，被杀，一次又一次。压抑到喘不过气来。

"生活一直这样艰难吗。还是只是在童年的时候？"马蒂娜这样问里昂。

而他的回答是，一直是这样。

真叫人失望。

中途佩珀来上海看展，我去见了她一次。这一次见面又相隔了很久,我们都经历了很多变故,颇有些物是人非的感觉。

我们约在上海火车站见面,到见面的那一刻,佩珀给了我一个拥抱,然后我们一起在火车站附近抽烟。我们就像两个堕落少女,在街头旁若无人地吞云吐雾。我记得那会儿佩珀对我说,只要不对生活放弃希望,一切就会有好转的余地。

我也一直这样相信着。

回学校之后我又和孟子霖开始见面。我知道我把孟子霖当成了缓解生活压力的新事物,希望他不要介意。我们各取所需。

很多时候我不知道孟子霖需要的是什么,似乎并不是感情。他不愿意陪我吃饭,不愿意陪我一起自习,只在傍晚时候约我出去散步,然后拥抱,然后亲吻。似乎从身体的温度里他能得到些慰藉,而我不知道那是什么。

我觉得自己像个木偶,被摆布,但是没有关系,至少遇到他之后,我离那些可怕的梦远了一些。

从前跟苏航在一起的时候,我还可以经常去他的排练室听他弹唱,或是玩弄他的吉他。我喜欢听到那些自己鼓捣出来的声音,也许没有任何意义,却能够表达心情。乐队联盟有个朋友听了我录的无聊弹唱的片段,对它的评价是,"很实验"。

后来的日子里,我只能一遍一遍听着很重的金属,让自己能够兴奋起来,至少不再是低落下去。我会一个人在浴室,把所有的灯光都打开,对着镜子就开始甩头,有时候一跳就是几个小时。

时间就这样被打发过去。

等到夜晚我就开始写东西。回忆,各种回忆,多到我只有把它们写下来才可以。写出来就好了,写出来就没有那么痛苦了,至少当成故事来说。而我就像是一个局外人，看着自己写的故事，一切仿佛已经无关痛痒。

我把孟子霖也写了进去。

孟子霖经常骑着小电驴来接我。我喜欢坐在小电驴后座，不戴头盔，任头发飘扬在空中。我喜欢夜里的风，喜欢孟子霖说："我带你去兜风"。

兜风，把风都兜住，我喜欢这样的形容。很可爱。

有一次孟子霖带我去了天台，那一晚我没有喝酒，却像是喝醉了。我站在高处唱歌，一首接一首地唱，像是要把所有生命力都耗尽。我对着空旷的天台一遍又一遍地唱谢天笑的《我不爱你》，"我不爱你，我不爱你，我不爱你。"永远只有那一句。

我不知道我要唱给谁。我只是想发出声音，我需要发泄，我需要出口。而声音，是我唯一能够发出的东西。

孟子霖坐在天台边缘抽烟，那一刻我望着他，想到《天若有情》里刘德华坐在天台边缘一罐一罐地喝着啤酒抽着烟，然后把啤酒罐扔到楼下去，发出清脆的响声。

可惜当时我们没有酒。

"你在桥上往下看的时候，会不会想要跳下去？"我忽然很想这么问孟子霖，因为我总是想这么干的。可是我怕死，所以我一次也没有这样做过。

孟子霖总是喜欢抱我，双脚离地的时候我感觉自己像一个正在飞的少年。在风中转圈，停下来，然后我们接吻，有点笨拙却总是很开心。

"你最近是不是又轻了，小瘦子。"孟子霖总是喜欢这样叫我，即便在我吃得很多也胖得很快的时候。"除非什么时候你长到像我这样重了,不然我就可以一直抱你。"他对我说。

然而我和孟子霖之间并没有爱情。他正在和他的正牌女友周旋,我只是他闲暇时刻的甜品。还好,我们各取所需。

后来我知道孟子霖其实有严重的抑郁症,我想跟我鬼混的那段日子,未必不是他的一种自救方式。于我不也正是如此吗?

2015年最后的几个月里,我在几个固定的男伴之间切换,成了被黑夜俘虏的傀儡。我丧失了道德感和羞耻心,只想在人与人的温度之间寻找慰藉。

没有哪段时光可以比当时更加糟糕。

唯一幸运的是,我的躁狂症状已经随着药物的控制得以压制。伴随我的,只有无边的无聊、灰暗和寂寞。

8. 平静年代

2016年年初，我在交友软件上认识了沈遇。那是个鱼龙混杂的交友软件，我并不期待在上面遇到好人。

划到沈遇之后我们开始聊天，几次聊天之后，我们顺其自然地约线下见面，地点是电影院。那时，由于药物的作用，我已经发胖，早已没有往日的自信，剪短的头发显得我更不好看。何况那是我第一次和校外的男生见面，所以我紧张、忐忑、全程默默无言。

或许是看我过于无趣，电影结束后沈遇开车送我回了学校寝室。我被他送我回寝室而不是去酒店的行为打动了。或许是那段时间见多了心怀不轨的男人，随便遇到一个稍微老实点的，我就认为那是个好人。

随后的日子里我和沈遇继续着不温不火的聊天。直到假期来临，他问我是否愿意和他一起去安吉滑雪，我同意了。他开车来接我，我坐在副驾驶上仍然感到无所适从，但我尽量表现得坦然，仿佛一个身经百战的老手。

滑雪场很大，我们租了滑雪的装备开始滑雪。那是我第一次滑，所以一直都是沈遇带着我。为了带我滑雪，他只能牵我的手，即使隔着厚厚的手套，我们之间的磁场还是慢慢发生着一些微妙的改变。那天我玩得挺开心的，是我长久以来少有的发自内心地感到开心和自由。

从滑雪场出来的时候已经接近傍晚，我们自然赶不回上海，只能临时订酒店。他告诉我双人床的房间已经售罄，试探着问我大床房是否可以。我开始装腔，云淡风轻地告诉他："我没意见，当然可以。"

晚上在酒店房间里，两个其实不是特别熟悉，只见过两次面的人相对无言。无聊和尴尬之下沈遇提议我们要不要玩真心话大冒险，输的人喝酒。我不会喝酒，于是，我耍赖央求：他输了，他喝酒，我输了，他替我喝酒。沈遇答应了。

为了配合酒店旖旎的灯光和暧昧的氛围，我们特意选了地狱级难度的真心话大冒险。彼此也都回答了一些比较隐私的问题。再后来我抽到一道大冒险，题目是：敢不敢和你现在正在玩的人舌吻3秒钟？

我稍稍愣了一下，沈遇看出我的犹豫，凑过来看题目。看到题目之后他马上说，这个你不用做，我替你喝。我壮着胆子突然嘴硬，告诉他我可以。我们慢慢凑近对方，然后他吻上了我。我的呼吸一下子变得急促，那一次接吻让我有种神魂颠倒的感觉。

一直到后来我都很讶异我们的第一次接吻为什么会产生这么奇妙的化学反应，但那确实就发生了。

"敢不敢和现在正在玩的人舌吻3秒钟？"

我想，我们吻了远远不止三秒。

接完吻后的我们都显得局促，空气凝滞了一会儿之后我们又开始接着玩真心话大冒险。沈遇的酒量很好，喝了很多都没有看出醉态来。

随着天色变晚，我们只能上床睡觉。沈遇很识趣地窝在床的边角，并且背过身去。我和他背对而卧，我偷偷给好友发消息，感叹自己真的遇到了一个正人君子，躺在同一张床上却什么也不做。

正因为那一晚沈遇什么都没有做，我反而对他生出了好感。

回到上海之后我们的联系开始变得频繁，沈遇经常邀请我一起出去玩，甚至带我去见他的朋友们。寂寞太久的我决定把沈遇当成忘记苏航的最后一根稻草，尽管那时候的他已经做好了日后出国的打算。

于是我发消息直白地向沈遇表达了我对他的喜欢。他认真地回复了我一长串消息，试图劝退我："我不想耽误你，我思考问题比较理性，我觉得，出了国，异国恋，很难。我都不知道一年会不会回来一次。是我自己的问题，我觉得你很棒，我想让你做我女友。但是实际上我本不该在出国前再谈恋爱的。与其两年半苦苦异国恋，不如保持联系做正常朋友，如果回国以后还有可能，我们还会是情侣。"

我反驳，说我并不认为他会耽误我。

但是他继续认真地想要说服我："听我说，毕业以后进入职场生活就完全不一样了，很多观念也会改变。两年半后很多事都会不同，我不在你身边什么都不能支持你，每天发短信、打电话或视频的日子，是不足以维系感情的。你这样优秀的一个女孩子，毕业以后去向很广，前途很好，我不想让这段感情成为你的负担。很多事要面对现实，我也不想这样，但是理性告诉我该怎么做。"

我被沈遇的长篇大论洗脑了，或者说，我感到无力反驳。我只能试图挽回一点儿最后的颜面："那听你的，但是当朋友的话，你还是要介绍漂亮女孩子给我认识的。"

他回复我："当然会啊，我还要带你和她们玩的。你不要难过，你难过，我也会难过的。"

被沈遇拒绝后，我一个人在公园里落寞，记得当时我哭了。我其实没那么喜欢他，只是接受不了被一个人拒绝。

沈遇果然没有食言，还是约我玩，带我吃吃喝喝，但我们相敬如宾，就像真正的朋友那样。

有一天沈遇带我去KTV，后来我才知道那天是他一个好朋友的生日，他们在举办生日派对。推开包房的门，沈遇开心地和朋友们打着照面，现场有几个人我之前见过，我也熟门熟路地冲他们笑笑。

沈遇接下来的一句话一下子把我愣在原地，他向所有人介绍："这是我女朋友。"

此前他已经明确拒绝了我，也没有提前跟我说过这件事。我愣在原地反应不过来，等到反应过来的时候，周围人已经开始和我打招呼。我梦游般地一一回应过去。

就这样稀里糊涂地，我和沈遇在一起了。

我和沈遇在一起不久，顾铭也终于恋爱了，就像是与我较劲那般。对方是一个很漂亮也很有个性的女孩子，我发自内心地祝福他找到了如此般配的伴侣。

沈遇是一个很沉稳的人,虽然没有过硬的学历背景,但是他有自己的梦想,曾几次创业,也很有想法。那时,离他出国只剩一个月的时间。

在最后一段可以不异地的时光里,我们在上海的最东和最西之间奔波,尽可能多地在一起相处。

2016年4月初左右,沈遇去了英国,我们开始了长达一年多的异国恋情。

因为预科还没开学,他先去伦敦旅行,每天他都会发很多当地景色的照片给我。他对我说:"今天我跟朋友游泰晤士河边一圈,多希望身旁的人是你。"我告诉他我希望在现场而不仅仅是看照片而已。沈遇回复说,很想我,分开了才懂得我的重要性。

我们在对彼此的思念中,以发不完的短信和打不完的电话,度过分开的岁月。

开学之后沈遇变得忙碌了一些,但我们还是每天聊天,经常聊的话题就是:今天干了什么,吃了什么,玩了什么,以及彼此的所见所闻。所幸这些家长里短我们并不觉得无聊,它们在很大程度上维系着我们相隔9 000多公里距离的关系。

后来沈遇让我下载了一个应用软件,是一个恋爱情侣记录私密信息的软件。他竟然也会使用这种小女生的软件,我感到很诧异。这个软件后来成了我们存储照片和写私密日记的地方,也理所当然地成了我们的恋爱计时器。

本来要等到预科结束沈遇才回国,但他说太想念我,于是瞒着家里人偷偷回来看我。我坐了早晨六点的地铁去浦东国际机场接他，奇怪的是，原本以为自己会激动兴奋，但在看到他的那一刻却觉得很陌生。这可能是很多异地恋情侣都会出现的问题，真正见面了反倒觉得无所适从。

在一起回市中心的地铁上，沈遇提着行李箱站在车厢中间，而我找了一个位置坐了下去，我们隔着不远不近的距离，一路都没有说话。我非常尴尬，好想找个地洞钻进去。我为自己突如其来的冷漠感到罪恶和抱歉，但我还是一路沉默了下去。

因为是偷偷回国，沈遇没办法回自己的家，我们订了市中心的一间酒店，准备在那里度过这几天。一进到酒店房间，关上门沈遇就扔下行李箱抵住了我，他的吻来得侵略而疯狂，像是已经克制了许久。我被他扑面而来的气息所淹没，却在那亲吻中找回了属于他的那一份熟悉感。

奇怪的陌生感觉终于消散，我知道是他回来了。

送他回英国那天，我站在地铁站台上，隐约有了不舍的感觉。

日后我们依然每日维持着短信联系，不知道什么原因，我似乎很能够接受异地恋这样子的设定。与此同时，从没有忘记苏航的我，渐渐地恢复了两个人的联系。

我和苏航的微信和电话虽然已经互删，但他的微博我一直都在看，抛开前男友这个身份，苏航的一些思想和表达，是我所欣赏和能引起共鸣的。起先我只是默默看，隔了很久之后我才开始偶尔给他点赞，或是评论。慢慢地，苏航也开始回应我的互动，给我的微博点赞，或是回复我的评论。我们没有更多联系，仅仅局限于微博上的偶尔互动而已。

很多时候我会因为苏航仍然有着和我的奇妙默契而感叹。跟朋友提到与他的这份共振时,她回复我:"因为化学反应不是假的。"苏航从此成了我没有名字的朋友。

忘了是什么时候,我让沈遇知道了苏航的存在,他对苏航的态度很不屑,认为苏航是个伤害过我的坏男人。沈遇发现了我和苏航在微博上的互动,并没有说什么,因为很久以前,我也发现了他爱看前女友微博的蛛丝马迹。

毕竟,我和沈遇因为寂寞而走在一起,两个人并没有那么高的感情浓度,因此也对彼此没有太多要求。

2016年8月,沈遇放假回国,我们一起赴日本旅游。依次去了京都、大阪和东京。

沈遇的日语说得还不错,可以和当地人进行一些交流,所以我跟着他不用担心任何语言问题。在日本的十五天我很开心,很长一段时间里包括现在,我都想再去一趟日本,这一次,我要去看看北海道的雪,看看札幌的海和列车,看许多只有日本电影里才会出现的美丽场景。

我基本上对出行没有做出任何贡献,我们也没有做任何旅游攻略,只定了大概要去的城市地点,整个旅程都是自由而散漫的。我和沈遇在可爱的民宿居住,每天睡到自然醒,然后上街随便找一家店吃丼饭或者拉面,通常都不会踩坑。

日本的烟很贵,但沈遇是老烟枪,我是小烟枪,所以我们还得买。在日本的街头是不允许吸烟的,我们只能跑到很远的吸烟区域,和那些少男少女一起抽烟。那些天我尝试了许多不同口味的烟,有蓝莓味的、草莓味的、牛奶味的,都让我有些乐不思蜀。

沈遇带了一个单反,像模像样地为我拍了一些照片。当时我已

99

经完全适应双相情感障碍药物的作用了，所以发胖反应不再明显，加上有意识地控制饮食，体重已经完全回到50公斤以下的水平。我已经是个轻盈可爱的女孩子。他镜头里的我是美丽的，或者说，他捕捉到了我美好的瞬间。

从日本回国不久后，沈遇带我回家见了父母。他的父母显得很开明，并没有为沈遇带女孩子回家而感到惊讶。对我也非常温和。后来和沈遇分手之后，我感到最对不起的就是他的母亲。因为她曾经那样信任我。

沈遇再次出国。

和他隔着屏幕的恋爱并不能让我快乐起来，我还是经常处于抑郁状态。

林彧后来联系了我好几次。低落而寂寞的时候，我答应了。

第一次他联系我的时候，我以为只是普通地吃一顿饭，结果他带我去了酒店。我想起他曾经说的那句"做爱要留到结婚之后"，不免感到内心嘲讽。一开始我并不愿意和他做爱，因为我并不是为了和他做爱才答应和他出来的。我只是觉得曾经互相那么了解的两个人不应该这样，或许他感受到我当时无人依靠的心情。

推搡中，我躺在床上哭了，林彧没有再强迫我，我们各自睡觉。凌晨的时候，我因为口渴起来喝水，林彧被吵醒。迷迷蒙蒙之间我们开始做爱，我对他明明那么熟悉，但他的身体对我来说是那样陌生。我全程一声不吭，当他问我"舒服吗"的时候，我甚至感到了一阵恶心。

那时候，林彧是有新女朋友的，我不明白他为什么会来找我，但是脚踏两条船的事情，他并不是第一次做。我抱以见怪不怪的态度。

第二天早上我们一起回学校,快到校门口的时候林或对我说,你先走,我等会儿再进去,我们分开走。我知道他怕被别人看见我们在一起。于是我径直离开,带着对他的轻蔑。当然,明明有男友却和他做爱的我,也很无耻。

离开老校区的前一晚,林或再一次约我。那晚,我们仍然沉默地做爱,就像两只受伤的动物。林或给我的感觉总是带着忧伤,或许我给他的感觉也一样。两个不快乐的人,竟然试图以做爱的方式让自己快乐起来。

那晚我们没有住在酒店,他破天荒地送我到寝室楼下,我走了进去,没有回头。后来隔壁寝室的人告诉我,那一晚,有一个男生在我们寝室楼下,目送了我很久才离开。

听到这句话时我说不清是什么感受,对于我和林或之间的残破结局和错乱关系,我有些心情复杂,也有些感慨。我无法责怪林或,我知道他也并不快乐。

有一次我和沈遇聊到两个人的第一次见面,我突然问他那天来见我究竟是抱着什么样的想法,他坦诚回答了我。"我本来以为你是要爽约的,出来之后发现你是个紧张的乖乖女形象,瞬间有了不一样的感觉。独特,你懂吗?"

或许是阴错阳差吧,那一天我们没有直接做爱,确实为后来我们在一起创造了基础。

可能因为我的前两段恋情都太过于轰轰烈烈,和沈遇的这段,着实显得平淡乏味了一些。我没有从前那样高的表达欲,遇到沈遇之后,曾有的艺术灵感也逐渐化为了柴米油盐酱醋茶。说实话,我是有些不满足的，无论是对自己还是对这段感情。

我会时不时地怀念和苏航在一起的时光，会觉得，那样高浓度的情感才叫作爱情吧，不然不就只是普通的陪伴而已吗？

我开始意识到感情与爱情的区别。灵魂伴侣带来的那种深深进入对方灵魂的感觉，那种珠联璧合的契合感，那种无法解释的怦然心动，那种真实奇妙的幸福感，是简单的相互依赖、陪伴、宠爱、温柔的感情关系所无法比拟的。

而我和沈遇当时，充其量只是有"感情"而已。

同时，很多一开始没有发现的问题慢慢浮现出来。我觉得和沈遇缺乏深层次的交流，平时的聊天也仅限于吃、喝、拉、撒这种毫无营养的话题，我们的爱好没有重合之处，他喜欢打游戏、看综艺、玩德州扑克，对摇滚毫无兴趣，也并不爱看书和学习。而我是妥妥的精神论者，我需要大量的音乐和书籍来填补我内心的空缺。

沈遇也从不说爱我，我为此总是心有芥蒂。我无法从隔着屏幕的吃喝拉撒问话中感受到他对我的爱意，我总觉得我们只是两个聊天机器。

我问他为何从来不说爱我，他告诉我，"我爱你"三个字过于沉重，只有等到结婚那一天才能说。或许是他其实也没有那样爱我。真正爱一个人，不会说不出口。

我们就像是两个世界的人，被稀里糊涂地拉在了一起。

但我并没有因此而和沈遇提过分手。我们还是在一起，即便是隔着手机屏幕。

我还是会在校园里经常捕捉到苏航的影子，也会去看每一场有他参演的演出。很巧的是，每一次我们俩在观众席上的位置都离得很近。我习惯了戴帽子去，用帽檐盖住我的脸，我不确定他是否看到了我，但我确实不想他发现我。

我不知道自己这样执着的意义在哪里，我并不是一个专心称职的女友。我的心始终为苏航保留了一个角落。

沈遇对我的所作所为一无所知。我是个十足的坏女人，和沈遇谈着异国恋爱的同时，心留给了苏航，肉体给了林彧。

有时候，我和沈遇确实会因为苏航的关系而心有隔阂，无奈之下我只有在微博上私戳苏航，我告诉他"你还欠我一个抱歉，赶快说，要不然我会一直耿耿于怀，甚至影响到我和现男友的关系"。

苏航回复我说他在我不知道的地方已经说了几千几万个对不起，那么这次就正式和我说一句抱歉，希望我和沈遇越来越好。

得到那句时隔一年多的抱歉之后，我的心反而一下子空荡了。但是我在豆瓣写下：终于到了说那句对不起的时候了，那么就随它去吧。

学业方面，大二得了双相情感障碍之后的我，因为学习的高光时刻早已随着药物而消失殆尽，只能随意应付上课与考试。有天佩珀找到我，问我愿不愿意和她一起经营时尚公众号。

想来也是她怕我的大学时光太过无聊，才想到找我做合作伙伴，不得不说，那段写公众号推文的日子，确实填补了我很多时间上的空白。我几乎一天就要交一篇稿子，有时候是简单的时尚相关品牌整理工作，有时候是国外时尚新闻的翻译，但终归不会太无聊。

慢慢地，除了公众号的推文撰写，我还接手了同名知乎账号的运营。工作并不复杂，主要是将我写过的文章稍加修改，以回答的形式发到网上。许多回答的点赞和收藏量都很高，这让当时的我颇有成就感。我很感谢她给我的那个机会，让我从沉闷乏味枯燥绝望的日子里走了出来。找到了一些自我价值，而不至于混混度日。

佩珀也会在我情绪低落的时候把我约出来拍照，她是一个很好的摄影师，我们在杭州和上海拍了很多照片。当时多数照片里的我是面无表情的，但我仍然觉得她记录下来最真实的我。

后来，佩珀给我写了一张明信片，上面写着："小安，现在想来，我几乎已经回忆不起自己以前是什么样了。好像我们的每段经历都先于同龄人，大概这也是我们变得更好的捷径吧。只要心里是这样想的，也知道自己最终都会变好，那么我想，你也可以变成一个坚不可摧的人。我总会因为自己最终无法保护你而愧疚，所以我们都要变得更加坚强一些。感谢你对我的倾力相助。我一直，一如既往地爱你。"

很久以后当我再翻到这张明信片时，我相信我确实已经成了一个坚不可摧的人。至少，离成为那样的人更近了。

那么我想，或许抑郁症和双相情感障碍也没有那么可怕吧，因为我们最终还是成了更加坚强的人。那些互相陪伴的日子让我们更加稳重，我们谁也没有因此而放弃自己的梦想。

"做你想做的事，爱你想爱的人吧。
反正我总是在的，你知道的。"

这二十年来，我和佩珀一直如此。

2016年年底，已经大学四年级的我开始焦虑毕业之后的出路。双相情感障碍不可避免地改变了我既定的人生轨迹。生病之后，躁狂期我沉迷于文学艺术，不再去上本专业的课程，逃课成了日常，考试一塌糊涂。抑郁期我躺在床上无法动弹，经常一躺就是一整天，学习更是无以为继。经历了一次休学，重返学校后勉勉强强补足学分。虽然顺利毕业不是问题，但我的绩点着实算不上漂亮，也没什么竞争力。更重要的是，我的状态，根本无法应对即将到来的工作生活。

此时的沈遇已经在英国念硕士，我开始思考是否也应该出国，给我的简历镀一下金。很快我找家里人商量这件事。家人没有半分犹豫，就像我初三时主动提出要去省城念书那次一样，支持我的决定。

我找到一家留学机构，开始准备留学事宜。因为已经决定去英国，所以我当时没有考虑任何美国的院校。也因为大学期间没有实习，绩点也一般，我的选校范围够不着英国最顶尖的院校，只能尝试那些第二梯队的。

最终我收到了圣安德鲁斯大学的录取通知书。不管怎样，此后的一年，我总算有了着落。

9. 蓝色苏格兰

  毕业前夕，乐队联盟举办了一次盛大的毕业晚会，苏航所在的乐队再次参演。我像以往那样如期而至，而这一次，我没有再遮遮掩掩，而是站在人群中坦然地望着舞台上的他。

  电影《娜娜》里，分手后的娜娜第一次去看莲的演出时，站在第一排，随着演奏她的泪水很快流下来。莲一直没有朝她所在的方向看，就像从未发现娜娜一样。但事实上，莲第一时间就注意到了娜娜，并在那场演出里弹错了好几个音，这对连平时排练都不会出错的莲来说，无疑是重大失误。

  我不知道那天苏航有没有看到我。当那首我最喜欢的歌响起来时，在场的那些乐队联盟的老朋友都一起跟着唱了起来，全场的气氛被带动到了最高潮。我和那些人一样一起大声放肆地歌唱，才发现那首歌的歌词，我一句也没有忘记。

  演出结束后我第一时间就离开了，没有丝毫的停留。

  那晚，苏航女朋友的微博发了她和苏航在路灯下接吻的照片。

我一笑而过。

直到2017年6月，我22岁生日那天，苏航在微博上发了一张他们乐队毕业专辑的封面，并附了这样一句话，"6·18的礼物。你会买吗？乐队仅此一张的专辑。"他们准备在六月十八号发行他们的新专辑。

我看着"6·18的礼物"，感到怔忡不安，我不确定这句话是不是写给我看的，但我们在一起时，确实一起设想过毕业前他出一张专辑，这是我们当时的梦想。

那条微博我破天荒地没有点赞，或许是出于心虚，或许是由于其他。

专辑发行那天，我没有去现场买，而是选择了微信小程序购买。但是我拿着那张专辑去了吉他协会办公室。苏航和他乐队的队友们果然都在那里。

这是时隔三年后我第一次重新踏足这个地方，我感到有些赧然，但是我鼓起勇气，尽可能装作无所谓和毫不在意的样子，对他们说："我是来要专辑亲笔签名的。"

"签点什么好呢？"其中一个队友喃喃自语。我和他们曾经都很熟悉，如今颇有种物是人非，却又好像什么都没有改变的感觉。

他们从我手中拿走了专辑，每个人都签了自己的名字，然后还给了我。我赫然看到上面签了一句："祝Ann生日快乐。"后面跟了所有人的名字。

我突然有点想哭，原来他们真的记得。苏航小小的名字也在那里。

或许我们都释然了吧？

从吉他协会出来之后,我迫不及待地找了校园路边的一张长凳坐下来。我望着那句生日快乐,用手机把那个画面拍了下来。我发了一条朋友圈,配文:"毕业了,心满意足。"

半个月后,2017年7月初,我大学毕业了。2017年8月末,我一个人踏上了前往苏格兰的旅途。

位于苏格兰的圣安德鲁斯是个很安静的地方。这个小镇不大,但交通工具极度缺乏,所以通常我舍不得坐公交的时候,都是步行去上课。幸好去镇上也就半小时的路程。

我很爱看那里的海,我住的那个宿舍公寓区叫DRA,是一个靠海的地方。当时住了一个5人的套间,室友们都是和我一样的宅男宅女,我们低头不见,抬头也不会见。

有趣的是,室友们和我一样都是夜猫子。我经常在深夜看书,总是会在凌晨两三点听到来自左边房间荷兰小哥的爽朗笑声。我猜测他有时候在看球,有时候在打游戏。而在我们平时相遇时,他看上去是个无比正经的人。只有在夜晚,才能发现他的可爱。而右边房间住着一个印度小哥,喜欢在深夜煲电话粥。大半夜甚至到凌晨天亮,他都能一直用印度语与人对话。

因为他们的存在,我一个人的夜晚,也显得不那么寂寞。

白天大部分的时间我都会待在寝室里,因为住在一楼,我可以随时从落地窗跨到外面的草坪上抽烟。然后回到房间,拉起窗帘看书或看电影。

我最平静的时光,就是在苏格兰那一年,窝在小小的寝室,与书籍、电影和音乐相伴。白天我会拉起窗帘,营造出幽暗的氛围。

然后我关掉所有的大灯，只开一盏暖光灯，那盏灯发出温暖又恰到好处的光芒。我看了很多的书和电影，听一整天的音乐，经常看到半夜，时间都变得模糊。

那一年我看了很多心理学方面的书，也看了好几本英文的乐队传记。有一个月，算上诗集一共看了40本书，几乎是一天一本的节奏。那时候的我虽然一事无成，但起码收获了无用之用。

《被讨厌的勇气》《当下的力量》《周国平人生哲思录》《生命的不可思议》《爱的觉醒》，当然还有最为经典的《躁郁之心》，都给我带来了莫大的慰藉。

文字让我变得越来越平和，也让我直面自己的内心。我写满了一本又一本的摘抄，把句子摘录下来的动作，仿佛抄写经文，不需要太多的思考，只需要感受文字带来的温暖与美感。

高梨康治和岸部真明的纯音乐是那段时间听得最多的，非常抚慰人心，很适合看书的时候听。世界音乐也是当时很喜欢的，因为其中包含了各种各样的声音：乐器的声音、自然的声音、人声和各地的文化元素。对于喜欢新鲜事物的我来说，这样的丰富，无疑成了盛宴级别的享受。当然。还有我最喜欢的英格玛乐队、涅槃乐队和大门乐队。

我绝对自由地沉浸在一个人的世界里，享受着音乐和书籍带给我的精神体验。

学业方面，因为硕士申请的也是金融学，和我大学的专业一样，而大学里很多专业课程也都是英文授课，所以很多内容都是重合的。我学习起来并没有太大难度，久而久之就很少再去上课，只去那些必须签到的课。剩余的时间我就一个人待在寝室学习或是做自己的事。

我从前辈们手里购置了一台二手打印机,把课件都一一打印了出来,在上面做笔记画线的时候让我想起了高中学政治、历史和地理的岁月。我想那个时候我的内心是无比祥和而平静的。

苏格兰一年,我自行停药了。

或许是因为生活和学习上毫无压力,感情方面也没有戏剧冲突的碰撞,我的状态很稳定,一直温温和和,就像一个正常人。只是一个人在寝室里待久了,确实会有抑郁的时刻。

沈遇发现了我的异常,很快从他的城市坐火车来圣安德鲁斯看我。谢天谢地他来了,他的出现确实让我有些感动,我真切地感受到他是真的在关照我的心情。

沈遇有着比我大两岁的成熟,他来我这边之后,很快组织了一场和我朋友之间的火锅会,和我的朋友们一一打过照面,感谢他们照顾了我。

我带他去圣安德鲁斯小镇的各个角落游玩,圣安德鲁斯虽然不大,但走起来还是要花费很长的时间。他还带了单反来,为我拍了许多照片,在我的学院门口,在海边,在树林里,在山坡上。每一张我都笑得那样好看。事实证明,那也确实是我最好看的一批照片。

沈遇很能捕捉我漂亮的瞬间,我想这或许是爱人之间的默契。

我住的是单人寝室,我的床只有1米宽,而沈遇身高1.8米,我们只能一起挤在一张小小的床上,紧紧地依偎在一起。那几天他应该都没有睡好,但我却睡得出奇地香甜。我发自内心地感叹,人果然还是需要另一个人来陪伴。

但时间到了沈遇还是要走，因为他也有自己的学业要修，不能一直留在圣安德鲁斯陪我。他一离开，最明显的感受就是整个房间寂静得可怕，没有游戏也没有综艺节目的背景音乐。我只能赶紧放歌来缓冲一下这可怕的寂静。

因为学业并不忙碌，我有时候也会一个人去看现场音乐会，感受现场的氛围。那时候我去伦敦参加了一场后摇演音乐会，乐队叫什么名字我已经记不清，其实是一支挺有名的乐队。从圣安德鲁斯一个人坐了7小时的火车，到伦敦时已经是下午5点。我在音乐会场周边随意吃了点晚饭，就去了现场，认识了一个叫乔安娜的中国女孩，至今她还在我的朋友圈里。

演出很好看，结束的时候已经是晚上10点或者11点，因为不想花钱住酒店，或许就是因为穷吧，我在各个麦当劳、咖啡馆、火车站辗转转了一夜。想来这应该是很大胆的一次冒险，一个中国女孩，独自在异国他乡压马路一整夜。

后来我乘了最早的一班车回圣安德鲁斯。大概睡了一整天。这算是我比较奇妙的一次体验。在没有斗志和茫然的时候，音乐真的就是我的解药。

后来再读《躁郁之心》时，我惊奇地发现作者竟然是我硕士学校的荣誉教授。我不免为这神奇的命运而感慨。是什么让我看到了这本书，又是什么让我来到了作者的学校。我从不怨恨双相情感障碍带给我的一切，我觉得这都是上天赋予我的考验和人生经历。

学期中的时候，杰米森到我们学校演讲。面对这样难得的机遇，我却临阵脱逃没有去。她发表演讲的时候，我一个人待在寝室，又重新温习了一遍那本书。

我读了很多遍《躁郁之心》，每一次阅读都感叹我和作者的相似之处。或许同为病人，我们原本就有很多同病相怜的地方，这种强烈的共鸣让我备感慰藉。

同时我也羡慕和钦佩杰米森，她有勇气跳脱病人的身份站在公众面前，并且以一个心理医生的身份为更多的双相情感障碍病友们提供帮助。这让我感到自惭形秽。

不知道是不是杰米森带给我的力量，2017年11月，我向沈遇坦白了我的病情。他并没有像我想象中那种有抗拒反应，而是平静地接受了这件事。

而那晚之后，沈遇就开始整天和我打电话，各自做自己的事但有时候也对话的那种，好几天睡觉也开着语音。实在是觉得奇怪又担忧，我对他说出了自己的感受，结果他和我也是一样的感觉。

我想我们大概有了一种重新恋爱的感觉，之前在一起的700天都太过于虚假了。

因为潜意识里更信任他了，我也开始对这份感情从毫不在意，变得有些患得患失。那年11月底，我在豆瓣里写："如果恋爱的亲密感需要用对方的一言一行都能轻易影响到自己的情绪来交换，那么我开始有些后悔让自己再次步入这样的关系。"

苏航还是经常出现在我的梦中，这让我颇为困扰。梦里就像是真的有一个平行世界，在那里我过着第二人生。我经常会梦见之前梦到过的内容，是和之前的梦能够连起来的那种。就像是，好久没回到这个地方，故事又继续了那样。

在与苏航分手后的几年，包括和沈遇在一起时，苏航都是最常出现在我梦里的人。各种不同的场景，发生着不同的故事。我们时常在梦里见面，甚至我在梦里见证了他和他现女友的婚礼。那场梦我是哭着醒来的。

但我也不得不承认，我仍然暗自庆幸着能够做梦，在梦里我能够延续这个世界没来得及发生的故事，以及见到自己想见的人。这是我和苏航最后仅有的一丝联系。

第二学期开始的时候，我在镇上的药妆店买了染发膏，给自己染了一头粉色头发。在苏格兰的日子是无限自由的，走在街上可以看到任何颜色头发的女孩子。我顶着粉色的长发，丝毫不显得突兀。可惜当时我总是一个人待在寝室，并没有留下很多粉色头发时期的照片。

一年的时光很快过去，我迎来了学期末尾的重头大戏，毕业论文的写作。那时候已经没有一定要去上的课了，所有的课程都已经结束，所需要的只是定时地和自己的论文导师面聊沟通论文进度。

毕业晚会设在小镇的酒吧里，我想我还是不太适应这种人多的场合，震耳欲聋的音乐和嘈杂的人声让我感觉自己的脑子在放空中眩晕。我在里面勉强待了一会儿，终于忍不住逃离。

夜晚是安全的，假如没有太多声音。

只身躲在一个电话亭里，我开始回顾硕士这一年的种种经历。

这一年或许我可以算是一事无成。本该读书的时光全都被我窝在了寝室里，每天读无用的书，听无用的音乐，黑夜和白天随着蔽光的窗帘模糊在时间里。偶尔的一两次出行也只是去镇上的超市购买食物和日常用品。

从寝室走到镇上通常要花三十分钟的时间，一路上我戴着耳机，有时候听歌切到和苏航声线很像的音乐人，还是会突然笑出来,就是那种不带任何意义的微笑。再后来我连镇上也懒得去,只靠在中国超市网购过日子。

我记得中秋节那一天没有课,我睡到早上九点。起来给自己煮了十二个饺子,吃到第六个的时候已经开始觉得胃胀,但还是逼迫着自己把煮好的食物全部吃完,因为并不想去处理多余的垃圾。

然后我打开电脑开始看剧,2002年的《非你不可》。我被片头曲圈粉,循环播放了很多遍,竟然又在音乐中睡了过去。那天又梦到苏航和他的女朋友,不同的是,从前的梦里只有我、他、他女朋友三个人,那次梦中却多了一只猫咪。

梦的意义是什么呢?或许就是毫无意义吧。

后来我看到苏航女朋友的微博里发出的猫咪照片,原来,他们真的养了一只猫。这让我感到世界的荒唐。

那一年的梦很多,多到我已经离不开做梦。好几次从未做完的梦里醒来,我都强迫自己继续睡去,以便能够继续未尽的梦境。梦境和现实是剥离开来的,我比谁都明白这个道理。

苏航有女友,而我有沈遇。

想到沈遇,我不禁有些愧疚。于是我回到寝室收拾了行李,订了第二天的火车票,准备去沈遇所在的城市。

沈遇所念的学校在纽卡斯尔,比起圣安德鲁斯来说已经算是一个比较大的城市。在小小的圣安德鲁斯,你甚至找不到一家肯德基或者麦当劳,但是在纽卡斯尔,却有一整个唐人街。在那里我和沈遇度过了在一起以来最安心快乐的一段时光。

在圣安德鲁斯的时候我已经自学了料理,所以来到沈遇所在的公寓之后,我自然承担起了为他做饭的工作。我本身热爱做饭,我觉得给喜欢的人做料理是一个很温馨的过程，是一种很缓慢的温柔。

投喂喜欢的人也是一件超级棒的事，看着对方吃下自己做的饭，给出正反馈，就会非常满足。沈遇也总是很配合地夸我，会夸张地竖起大拇指肯定我的厨艺。

大多时候我支着小桌子在床上写论文，而沈遇在书桌前打游戏。他总是在打游戏，丝毫不为他的论文烦心。有时候我甚至会为他这样的行为感到困惑，但是并没有说出来。这一点小事并不影响我和他之间的关系。

沈遇买了一个游戏机，也第一时间买了塞尔达的游戏显卡。这很快沦为我的新宠。我夜以继日地沉浸在旷野之息的世界中，在海拉鲁大地上自由玩耍。我最喜欢的还是游戏里的料理过程，听着有些动感的背景音乐，每一个料理被做出来或者失败的过程，都相当有趣。

我也很爱攀登、游泳、乘着降落伞飞翔这些动作的设计。我经常从白天玩到黑夜，又从黑夜玩到第二天天亮。当天色慢慢亮起来太阳将升未升的时候，我望向房间落地窗外的景象，竟看出了游戏里灯塔的感觉。

我想我大概是有些走火入魔，但塞尔达真的带给了我很多快乐。

由于沈遇的房间窗户只能开一个小窗，抽烟的我们经常把房间搞得烟雾缭绕，只能打开空气净化器来调适一下房间里的空气。同时，因为没有独立的厨房，煮菜的油烟味和香烟味，各种味道都混在一起。

那阵子我觉得自己每天就像生活在一个毒气营里。

但总的来说，和沈遇在纽卡斯尔的一个多月我们很幸福。

我们不用上课，整日待在房间里，不想做饭的时候就去唐人街吃日本料理或中餐，他带我逛了城市的角角落落。我们像极了自由自在的伴侣，做着一切遵从内心的快乐事情。

我想那个时候我是真的爱他的。我在备忘录上写："I was once in heaven, then trapped in hell, he is the one who drives me down to earth.（我曾经身在天堂，而后坠入地狱，他是那个让我脚踏实地的人。）"

交完论文之后我们即将回国。回国前我们准备再去伦敦玩一个礼拜。我强烈要求去卡姆登镇，因为临近圣诞节，许多店门都没有开，但是这并不影响我对那里的观感。满墙满墙的涂鸦，散发着浓厚的朋克气息，这就是我想要来的地方。我在卡姆登镇买了一张涅槃乐队的《不要介意》（*Never Mind*）和大门乐队的首张同名专辑《大门乐队》（*The Doors*），感到心满意足。

后来有一个朋友也去了卡姆登镇，并发朋友圈说来到了最不像伦敦的地方。我无法认同，因为对于我来说，卡姆登镇是我在伦敦唯一想去的地方，也最符合我心目中英国的样子。

回国前一天，我们开始给家人购置礼物。也是那一次，让我深刻地感受到了我和沈遇消费水平的差异。沈遇家境殷实，家里是开餐饮公司的，他从来都是理所当然地花着家里的钱。但我不是。我从小就不喜欢花父母的钱，我觉得那是属于父母的，并不属于我自己。其实在日本旅行那次我已经感受到我们在金钱观上的分歧，但伦敦购物，让我内心更加别扭。

回国之后我在硕士好友的介绍下在一家市场咨询公司实习，同时开始紧锣密鼓地投简历、找工作。沈遇的父母希望他继承家业，而他自己对找工作这件事也没有特别在意。

我每日紧张、焦虑，时常陷入为什么我这么焦虑，而沈遇却怎能这么悠闲打游戏的疑问当中。

同时，我们又开始为苏航和我在微博上的互动闹矛盾。

我明确告诉沈遇我知道现在爱的是谁，苏航只是我的普通朋友。我虽然并不掩饰我对苏航的欣赏，但我也了解自己现在的定位。那天，我们僵持到快凌晨三点，沈遇说他知道我有分寸，但还是会为我总看苏航的微博而感到不悦。

最后他回复我："心和口有时候真的很难对上。特别是我这种说话多数不经过大脑思考的人。刚才一小会儿我感觉我失恋了，难受得哭了。我心里有多爱你，大概眼泪比我清楚吧。你对我的重要性我才充分认识到，没法想象听不到你声音、看不到你人的日子。才知道我有多喜欢你。"

那是沈遇难得地，或许是第一次说爱我。但我们之间的问题，还远不止这些。

那年春节，我已经有轻微的躁狂症状出现，从不吵架的我们开始有了争执。有一晚我们在微信上聊天，聊到"一个人优秀与否"的话题。我说我认为自己的学历和人品，在许多同龄人当中应该能够算是中上水平。但是他不同意我的说法，认为我丝毫不谦逊，我不应该这样定位自己。他试图用各种道理来摆正我对自己的定位。

我感到郁闷和生气。高傲如我，从初中开始立下的座右铭就是"绝不平凡"，尽管后来因为双相情感障碍我的学业不再那样出色，但我还是觉得自己是一个不错的人。

于是，我们从讨论变成争执，难分胜负。我只是希望沈遇肯定我，以我男朋友的身份来肯定我。难道在爱人心目中，对方不应该是最好的那一个吗？我竟然得不到他的一丝确认和肯定。

到后来我问他："那你有为我感到骄傲过吗？"他竟然回答我："没有。"

我的心在下沉，那时已快到半夜两点，我的手脚冰凉，倒抽一口冷气的同时，有血液倒流的感觉。

那一夜最后还是以不欢而散结束。我和沈遇，说到底还是有很多未能解决的问题。

10. 躁狂复发

和沈遇矛盾重重的时候，我又遇到了一个迷幻摇滚乐队的主唱。

忘了从什么开始，在豆瓣上周朔会给我点赞，通常都是我记录和当时男友沈遇的温馨日常。他说，他很喜欢看到一个人慢慢好起来的生活。

再后来便开始微信聊天，两个人连新年快乐都连着说了好几天。几乎什么都聊，比如书籍、音乐、工作、小时候的趣事、和男友沈遇之间的琐事。周朔很喜欢夸我，也很温柔。我对这样子温温柔柔的男孩子完全没有抵抗力，和他聊天总是很开心。

曾经看到一句话：如果你觉得有一个人和你聊天很投缘，那是因为他的情商和知识水平都远远高于你，事实上，他与和你同一水平的人都可以聊到心灵契合的程度。

我觉得周朔就是那样的人，博学且迷人。

大年初三或初四的时候,沈遇带着礼物来到了我的家乡。那是他第一次见我的父母,一向不善言辞的父亲在他面前显得更加局促不安,母亲更是在送我们离开时流下了眼泪。我不知道母亲当时为什么哭,或许是有种把女儿托付出去的感慨。

但看到母亲哭,我也哭了。

一起回上海的路上,我和沈遇放着车载音乐。明明一切都顺理成章,我却依然看不到一个清晰的未来。

回上海后,因为工作的忙碌和生活步调上的不一致,我和沈遇开始渐行渐远。只有在周末的时候我才会去他家住两天,等到工作日我便回自己的出租屋。

我每次去沈遇家,他都整日整夜地打游戏,对此我从来没有怨言。我不知道是因为我真的那样懂事,还是根本不在意他。我在他家看书、学习,做自己的事。两个人同处一室,各自相安无事。

但当时我应该还是爱着他的。记得有一天我问他我们什么时候可以结婚,我又怕逼得太紧,于是改口问他什么时候能够领证。他漫不经心地回复我说随时都可以领。但这件事最终还是不了了之。

同时,沈遇生意世家的氛围也让我感到窒息。我并不喜欢大家族聚会你敬我我敬你的场面,有时候我不喝酒的行为也会令沈遇父亲感到扫兴和不开心。但身为双相情感障碍患者,我确实被医生明令禁止饮酒。尽管他的家人并不知道我生病的事。

我随沈遇一起去参加家族聚会,饭后大人们觉得还不够尽兴,又赶往一个小酒馆继续下一场。为了配合氛围,沈遇的母亲上台唱了一首歌给大家助兴,张柏芝的《星语心愿》。那是我很喜欢的一首歌,不知道为什么,当时的我在他母亲的歌声中听出了一丝悲哀。在众目睽睽下我止不住地落下泪来。我讶异于自己的表现，但我控制不住泪水，我隐隐感到双相情感障碍又重新找上了我。我借口上卫生间暂时躲了许久，心情才得以平复。

再后来我觉得我无法再在那样嘈杂的环境中待下去，每一秒都令我备感煎熬，我向沈遇表示身体不舒服想先离开。因为那晚还是迫于无奈喝了一些酒，一起回沈遇家的路上我在街头吐了，回到家后仍然头痛欲裂。沈遇让我躺在床上睡觉，然后他继续打游戏。我感到委屈，在头疼中我听着他机械键盘噼里啪啦的声音，脑子嗡嗡直响。我丝毫感觉不到他对我的关心，也开始痛恨他的游戏。

我的心越来越朝周朔倾斜。

总是藏不住心事的我，让沈遇也知道了有这样一个人的存在，但这丝毫不影响我和周朔聊天。我会在和父母出去旅游时拍一路风景照发给周朔，他总是好脾气地回应我，任何好玩有趣的事情我都跳过了沈遇，只想和周朔分享。

我在旅途中一直循环播放奥地利音乐家甘道夫的《一即是全，全即是一》(*All is One-One is All*)那张专辑，动车窗外的景色给我留下了凌乱的印象：转动的风车，烟囱和滚滚白烟，大红灯笼，一堆现代建筑中的寺庙，零零星星的坟头，高耸的电力塔，堆满砂石的河堤，不修边幅的树木，燕尾檐。秩序和自由的和平共处。我将这些都拍下来发给周朔。

好朋友说我喜欢上周朔一点也不奇怪，因为他和苏航就是一类人，而我似乎很吃这一款。很巧的是，周朔和苏航现在在同一个重组乐队里。

在微信上和周朔聊了一个多月后，我开始慢慢跨越自己内心的底线。当时我的室友因为学业原因要搬出去，我急于寻找一个新的室友，于是做了一个大胆的决定，我问周朔："你要不要来当我室友？"我说了很多我所租的房子的好处，假装我是正经在为他考虑，我甚至告诉他我周末都去男友家，他可以独享120平方米的大房子。我记得他似乎是回了我一句："我们做室友，那会很危险"。

谁都知道，那很危险。

虽然最后周朔以刚搬新家不久拒绝了我的邀约，但是他约我见面吃饭。

去赴约前，我特地下班回家打扮了一番，穿上了自认为最好看的大衣。那种心动紧张的感觉，就像初恋。

我们约在了一家商场里的日料店，他和我想象中的不太一样。大学时候周朔在学校一个很有名的乐队里，我很喜欢他们毕业专辑里的一首歌，歌词是意识流形式的，没有什么特别的意义，但听多了却也能听出点意象，可能就是青春吧。但绝的是高潮部分，就好像一个人站在了地球的至高点，迎面就是大气磅礴的太阳。

周朔在大学的时候，还经常会在人人网上发一些乐队和个人的宣传照，从那时候起我就很喜欢他干净的长相。但那时候我只是远远地看见过他，对他的脸并没有一个很清晰的概念。见面那天，他似乎比大学那会儿显得老了一些。

我们的会面略显尴尬，周朔给我的感觉竟然有些腼腆，我们并不像微信上那样熟悉，只能尴尬地聊聊一天下来的工作，直到一顿饭结束。

饭后我并不想那么快回家，不知道是不是看出了我的想法，周朔问我要不要去他们的排练房看看。

我坐在周朔的小电驴后面,风吹起头发拂过脸庞,竟让我感到一丝港片《天若有情》中刘德华和吴倩莲的末世浪漫。

排练房在一个地下室里,我第一次去那种地方,它在很大程度上满足了我从初中开始就对乐队生活的向往。那里的空气是潮湿的,整个房间给我一种灰暗的感觉,桌子上铺满了各种谱子、歌词、涂鸦,房间里堆满了各种我认识或不认识的乐器。我试着去触碰那些乐器,也试着去感受这些我曾经那样渴望的东西。

起初,我和周朔仍然有些尴尬。但是幸好我们有音乐。随着音乐响起,我们听歌、抽烟、聊天,氛围开始显得有些旖旎。忘了是谁先靠近的谁,总之周朔吻了上来,我对他其实还很陌生,但我没有抗拒。直到后来一起去他家,我才觉得一切顺其自然起来。

我当时有男友,但我还是毅然决然地选择了这样做,我并没有那样爱沈遇,也确实迷恋上了周朔。

周朔的体力出奇地好,我前一次有那样的体验,还是第一次和苏航做爱的时候。我的大脑一片空白,感觉自己置身于幻觉之中。周朔身上有浓重的汗水味,是很典型的男人的味道。半梦半醒之间我对他说,我很久没有这样的感觉了。他在黑暗里笑,回复我说,他也是。

我就这样,一头扎进了这一次短暂的、热烈的但又是羞涩的爱恋里。

我们一直做爱到凌晨4点,第二天的班我已经打算请假。但是周朔睡2小时之后就起来上班了,出去之前他把家里的密码告诉了我。我想我的躁狂就在那一晚重新找到了我,我躺在他身边,一整夜都没有睡。我忘记了当时在想些什么,但我知道,我的大脑很亢奋。

　　第二天周朔出门后，我起床叫了一个外卖。开始慢慢审视他所租的房子。不得不说，周朔是个很有生活品位的男人，他连租的房子都经营得那样好看。我当时所居住的，只是一个出租屋，而周朔所住的，却让我感到了那是一个"家"。

　　周朔买了很多小玩意，零零散散地摆在房间的各个角落，他的乐器都摆在同一个地方，书架上码了很多书。他看书的品位意外地和我很合拍，所以我的第一反应居然是：占为己有。

　　想把这个地方，占为己有。

　　我丝毫也没有为自己的想法感到羞愧。

　　我开始考虑是否该和沈遇分手，因为我做出了这样的事。我发消息和周朔商量，说我想和男友分手。他回复"好啊"的时候，我仿佛看见他躲在屏幕后面的笑脸。这让我觉得，我和沈遇分手这件事，是让周朔欢喜的。

　　吃了早饭后去上班，我的脑子还是无比亢奋，我一边听着歌迅速地做着不费脑子的表格工作，一边抽出空来和周朔聊天。我感到无比甜蜜、心动和振奋，很多次看着电脑屏幕的聊天框我都忍不住笑了出来。心情出奇地好，是的，就是这种久违的爱情的感觉。

　　下班后我先跟一个好友说了我想分手的想法，他随后发了一条朋友圈，说会支持我的任何决定。这个好友是我和沈遇的共同的朋友，很快沈遇就看到那条朋友圈，他截图问我，这个决定是否和他有关。

　　我想沈遇其实早有预感，因为我们的关系已经不温不火将近两个月。我越来越少找他聊天，也在他面前频繁地提到周朔。我回答他:"是,我想分手。"

他没有任何挽留就同意了,但是他问我:"如果我也像周朔那样,我们是不是就不会分开?"我无法回答他这个问题,因为我的心已经被新的恋情填满,尽管我并没有和周朔真的在一起。

和沈遇在微信上分完手的时候,我在一个广场角落的长凳上坐着。冬天的风已经很冷。我并不感到难过,却还是在夜色中哭了一场。我不知道为什么流泪,或许因为我们毕竟互相陪伴了三年。那天我一个人在那里坐了很久。站起身来那一刻,眼里已经没有泪水。

然后我看到沈遇更新了一条微博,他用日文写:"时间定格在1 100天。这么长时间以来,谢谢你。"

然而之后的日子里,我却完全把沈遇抛到了脑后,沉浸在了和周朔的追逐当中。我们还是经常聊天,很多次和他聊着聊着我就坐过了地铁站,或者是忘记下班打卡。他则因为打字太快经常连着打错很多字,我们都像两个笨拙的小孩。这种近似热恋的感觉淹没了我,或者说,欺骗了我。

周朔其实并没有打算和我在一起。但当我问他这几天和我在一起是什么感觉时,他却回答我,他真心实意地感到,"人类真的需要人类来陪伴"。

我就这样在他忽远忽近的态度下,变得时而冷静时而疯狂,充满多面性。我会在豆瓣发无数条状态,然后在同一条状态下反复更新。当时我写下:"周朔,世界上最好的书。"

我真心把周朔当成了一本珍贵的书。

我一条一条地翻阅周朔豆瓣里的乐评、书评,里面出现的每一个人名，我都认为是我自己。天知道当时我的脑子构造是什么样的，我确实是那样想的，那样愚蠢地、荒谬地幻想着。

我甚至兴冲冲地跑去跟苏航分享我和周朔发生的一切。他回复我说："你们俩挺配的，都很艺术。"整个世界的人都出奇地配合着我，就连前男友都认为我和周朔是天作之合。或许苏航也只是在骗我，但是我相信了。

只有父母是清醒的，我兴奋地向父亲宣布我爱上了一个人，他是美国某某大学的硕士，本科和我是同一个学校，现在做什么工作，是哪里人，他多么好，而我又多么喜欢他。而父亲只告诉我："那个人不喜欢你。"

很快，父母就从老家赶到上海我所租的房子里找我。母亲望着我摊满一桌子的草稿和不曾收拾的房间无奈地摇头，父亲则坐在一旁沉默。我没有意识到他们的来意，兴致勃勃地想要出门找周朔。一直沉默的父亲突然发怒，吼我："你还要去找那个男人？"

我被他吓坏了，连拖鞋都忘了穿就哭着跑向室友的房间。我躲在室友的怀里发抖，抽泣，像极了一个可怜的、手足无措的小孩。

那时候，我的脑海里总是涌出一些很久远的记忆。

有一晚，我听着《不要哭》(*Don't cry*)突然崩溃。我发现这么久以来，我心里曾经那样喜欢过顾铭，他显然就是我喜欢的那类人，我大学之后所喜欢过的人，多少都是和他一个类型的。我发现他一直根深蒂固地住在我心里，我感到心痛、震惊、悔恨、自责，这一切让我崩溃和不知所措。如同突然打开了一个内心的缺口，深藏的感情瞬间汹涌地向我席卷而来。

当时顾铭已经在美国念书，我隔着时差给他发短信，一段凌乱地表达，我不知道我到底说了些什么，而他又看懂了多少。

我说顾铭你骂我吧，我错了，我真的做错了很多。

他在我这边的半夜两点多回复我："我为什么要骂你？你一直是个受害者，你不要这样自责。有些不是你的错不要冤枉自己，你也应该明白这一切的。如果回忆过去的时候，不要以愧疚感先入为主地带入，或许就没有那么难释怀了吧。有时候我觉得即使对方做错了，自己也可以是承受伤害的那一方，因为感情在那儿。但后来发现这种情况会越演越烈。"

他让我赶紧休息，或者回趟家，觉得我的情绪和身体都肯定累坏了。但是最后，那句"晚，安"却变成了"晚安，安"。

当时的我根本没有在意他前面的那一长串消息，只看见了最后的"晚安，安"。我的心在变沉，知道自己失去了他，但我仍然不死心地问他："变了吗？"他给我的最后一条回复是："变了。"

我们从此沉寂在对方的朋友圈里。起初的两年我还会在他生日的时候给他发生日快乐，随着时间推移，那一天对我而言，也不过只剩下"万圣节"一个含义而已。

当我终于听懂了《不要哭》的温柔，也明白了年少时候的自己因为傲慢和偏见而失去了什么。但一切已为时已晚。

而那首《不要哭》，也终于从两个人的秘密，变成了我一个人的歌。

那晚和顾铭的插曲在第二天醒来后就消散了，仿佛只是做了一场梦。

随着时间一天天地累积，我的躁狂越来越严重。我甚至感到了世间万事万物的联结。同一条路上，每家店的名字，都可以是联结在一起的，它们是互融互通的，预示着某种含义。我觉得那是命运，连接着我和周朔的命运，命中注定我们就应该在一起。

我走在街上，耳机里把郑钧的《私奔》放到最响。父母不让我和他在一起，那我就和他私奔。我带着这样悲壮的心情，把沿路每家店的广告牌都拍给了周朔，他困惑地问我："你是不是觉得所有你看到的事物都与你有关？"

随后他根据我发给他的图片找到了在路上漫无目的地寻找他的我。我对着他傻笑，我想，看，这真的是命运。命运让他找到了我。

无奈之下，周朔把我带回了家。

我们无事可做，于是他开始给我展示他的各种乐器。我躺在铺了毯子的地上，沉浸在他的音乐中。我觉得陷入了一种共振，我仿佛可以提前预知他下一个音符是什么，那种感觉很奇妙，所以我相当享受。

我一边用手指打着节拍，和上周朔的音乐，一边躺在地上舒服地扭动身体。那种浑然天成的共振感包裹了我，音乐对我来说，比任何烟草酒精都更有魔力。当它持续的时候，我有很长一段时间都处于这种纯粹的快乐之中。你无法体验如此奇妙又伟大的感觉，除非你也和当时的我一样疯狂。

但遗憾的是，周朔并没有看出我的享受来，后来有一次他甚至问我，那一晚是不是对他的音乐毫无兴趣。我感到诧异，因为我明明那样喜欢。

随着夜晚降临我开始想要和周朔做爱。但是他似乎在回避这件事。他告诉我那一晚的事情是他一时意乱情迷，他不该再次犯错。

我受到打击，一个人跑到卫生间里一边抽烟一边放木马乐队的《果冻帝国》和《黑色的奔驰舞》，那个时候我大概已经失控，不自知地做着一些很戏剧性的事。周朔在隔了一道门的房间里不知道做些什么，或许他在向朋友们求助。总之那个时候我们陷入了僵局。他显然被我的举动吓到。

在卫生间里，我的脑海里浮现的是大门乐队的吉姆·莫里森和他的情人赤裸着在房间里跳舞的场景，那个女人割破自己和吉姆的手腕，把血滴进酒杯里，和酒精融合起来，两人交杯喝完，一切开始疯狂。

是的，一切开始疯狂。

走出卫生间之前，我在豆瓣上发了一条状态："开始了。"这条意味不明的状态预示着之后我将要做的事。事实是，我走出卫生间，脱光了全身的衣服，赤裸地站在周朔面前。而他窝在床角，茫然地看着我，显得不知所措。

这一切在现在看来都很荒谬。也不可挽回。

最后他对我说："先把衣服穿上吧。"

当我终于冷静下来，却感到心脏的钝痛。那种被拒绝的痛苦一下子向我袭来，每一次被他拒绝都加重了我躁狂的发作。周朔睡在地上，我躺在床上，我们分开而眠。但我根本睡不着，我睁大眼睛看着天花板，心脏时不时有被针刺痛的感觉。直到再也无法忍受与他共处一室，我在凌晨三点，走出了他家。

当时我已经没有烟了，在卫生间的时候我已经抽完了所有的烟。但我急需抽一根烟来平复心情。我跌跌撞撞地在路上走，围巾不知道什么时候已经丢失不见。我走进一家全家便利店，但当时的便利店里不允许卖烟,我只好继续漫无目地在路上走。我有些不敢打车,我害怕凌晨街头的出租车司机会是坏人,但我也别无选择。

最终我还是打车回家了。关上房门的那一刻世界安静,我终于陷入了短暂的睡眠。

然而我们并没有断掉联系,仍然维持着尴尬的、奇怪的关系。

周朔的精力出乎意料地旺盛,我开始怀疑他是否也和我得了一样的病。这又让我感觉到了命运的力量和该死的宿命感,于是我给他发消息。

我:"让我们相互关照(Let's take care of each other)。"

周朔:"相互关照(Take care of each other)。"

他甚至说对我之前的行为感到"印象深刻",最后我对他说:"奋勇呀然后休息呀,完成你伟大的人生。"这是腰乐队《相见恨晚》里的歌词。我们出奇愉快地结束了那次聊天。

很久以后我再翻到这段聊天记录,依然感到困惑:他是在哄我吗?觉得我是个病人,所以在附和我吗?我想这或许是他的体贴。

有一晚忘了出于什么原因我们又见面,在深夜空无一人的大街上,周朔骑着小电驴载着我飞驰,对我说他会永远记得这一刻。

那一刻他想的是什么呢?是和我一样吗?他是否也有一点喜欢我?

我得不到任何答案。

但是那一晚跟周朔回家,我没有再想要和他做爱,只是安安静静地听他弹奏乐器。我们的关系似乎变得和谐了起来,尽管一切还是那样不合情理。

第二天一早,我悄悄下楼去全家便利店买了早餐,是几个热包子。买完之后我才发现我忘记了他家的密码,而那时周朔还在睡眠当中。我傻傻地站在他家公寓楼下,用手捂着包子,竟然生出一份温暖的情意。躁狂时期的我,真的非常擅于自我欺骗和自我感动。我仿佛谈着世界上最伟大的爱情,我简直是世界上最好的女人。

多么可笑。

那天早上的包子最终的结局是什么我已经忘记,我只记得周朔上班前帮我订了一间酒店,让我去好好休息,睡一觉。

我当然没有睡,我的精神亢奋得不得了。我一走进酒店房间就打开了音乐,不管禁烟的标志就抽起烟来,随着音乐在房间里跳舞。然后我翻开尼采的书开始看,并在笔记本上写下大大的"尼采,差!"以及"叔本华,好!"就像我就是那个凌驾于他们之上的人,可以随意对这些哲学巨匠进行点评。

整个房间被我吐出的烟雾弄得乌烟瘴气,但我顾不得这些,我在烟雾里听歌、跳舞,乐在其中。世界是旋转的,而我是自由的。

随着酒店的房门被我的父母敲响,我知道,我被周朔出卖了。

11. 飞越疯人院

抛开这段感情,讲回那段躁狂的时光,它其实是疯狂的、痛苦的、令人心生畏惧的。起因是硕士毕业后回国,长期睡眠不足和工作高度紧张后精神崩溃。

回国后我开始在一家市场调研公司实习,同时紧锣密鼓地投递简历、准备面试。有一家咨询公司面试了我五轮,战线长达整整一个月,我记得他们让我准备一个全英文的中国商业地毯市场的分析报告,我只能在下班回家之后利用晚上的时间查找资料。

休息不足、面试的焦虑和恋爱的挫败加剧了我的病情。

彼时的佩珀,也过得比较艰难。她在意大利的那阵子,因为工作和生活的压力,情绪开始爆发,惊恐发作到每天精神恍惚。我对着手机屏幕里她发来的消息差点哭了。我感到焦急、无奈,因为我什么都为她做不了。我只能反复告诉她要保证睡眠,好好休息,不要落到和我曾经一样的境地。

后来我在一家投资咨询公司担任分析师,想来面试那会儿已经轻躁狂发作。我显得热情开朗、思维敏捷，面试官（后来我的直属上司）对我说："我觉得你很适合做项目，我很看好你。"

当时我对工作和未来的生活充满了憧憬和向往，每天事无巨细地写备忘录，殷勤地帮助同组同事干活，闲暇时间就看书做笔记。生活很棒，工作很棒，一切得心应手。

一段日子之后，我的躁狂症状开始浮现。我变得有些亢奋和激进了。我会在小组会议上公然反驳上司，提出一些本不该由我这个层级的人提出的意见。会议结束之后有同事悄悄跟我说："我觉得你有时候像'70后'，有时候像'80后'，有时候又像'90后'。"想来这就是我多变性格的写照。

对于躁狂期的我而言，一切责任感都消失殆尽，取而代之的是无限自由。与此同时，我的"文学艺术梦"和"助人为乐心"也开始崭露头角。

我在黑夜里的工作开始比白天多，我整夜整夜地阅读哲学书籍，忙着在笔记本里批判尼采赞扬叔本华，忙着帮朋友解决他们的情感问题。

同时我还在豆瓣上与豆友因为哲学问题唇枪舌剑地辩论，长篇大论地刷屏讨论，思维激越到不知饥饿，经常连饭都忘记吃。

第二天一夜没睡的我不得不向领导请假，理由竟然是："我昨晚在帮美国时间的朋友解决问题。您告诉我咨询师的内核就是帮助人解决问题，所以我正在履行。"而类似这样的请假理由在短短一个月里数不胜数。

和沈遇分手之后的第二天下午，我再次向部门领导请假，我明言因为和男友分手，情绪不佳，当日无法胜任工作。他同意了我所谓的"情绪假"。

我走出公司开始在路上闲逛，来到附近的一家公园。我觉得那会儿我的心态像个年迈的老人，我出奇地喜欢公园这种地方。

公园里多数是老年人，他们有的在下棋，有的在演奏乐器。我在那样的音乐声中沉醉，并用录音机录了下来。同时我又像第一次轻躁狂时期那样开始画画，坐在凉亭里，我试图将我看到的事物全部画下来。

终于在我又一次向领导请假时，他委婉地告知我："我觉得你的事情太多了，你应该好好去处理一下。等你准备好了，欢迎随时回来找我。"我感到愤怒，因为接到了这样一份模棱两可的离职通知，我甚至没有回复就拉黑了他。

那一次发作，我依然没有第一时间吃药。于是情况急转直下。早醒是我的典型症状之一。经常半夜就醒过来，或者一夜无眠持续兴奋。在连续几天的严重缺觉之后，我开始出现惊恐发作、被害妄想这一系列并发症。

走在路上，我会觉得有人在跟踪我，试图谋害我。修煤气的来家里敲门，我也不敢开门，我害怕是拿着刀来杀我的坏人。一个人坐在窗前，我甚至不敢拉开窗帘，因为我觉得街对面的住户都在背后纷纷议论我是个神经病。

甚至父母来上海找我的时候，我都是带着恐惧的。潜意识里，我并不认为来的人是我真正的父母，而是两个西装革履的陌生人。

再后来我开始妄想我是世界上最后的神，在朋友圈以一种老者的口吻给我的朋友甚至老师评论留言，并反复告诉亲密的朋友我并不是一个凡人。

某一天夜里，我旁若无人地躺在公园的地上，用矿泉水瓶疯狂砸自己的头。一个人回家的路上，我望着车水马龙的街头，幻想已经是世界末日。

我想，那时候的我已经彻底疯了，直到父母把我带上去往精神病院的出租车。

在前往精神病院的路上，我仍然保持着高度兴奋的状态，因为我幻想我要去拍一部前卫电影。精神病院对当时的我来说，无疑是一个太过新奇的名词。我当即就在豆瓣里和我的豆友们宣布了这个消息，告诉他们我即将体验真实的"飞越疯人院"，并让他们"蹲"我的后续更新。

我不知道的是，此后很久我不能在豆瓣上更新了。

来到医院后，我的手机和其他金属物品马上被没收了。换上脏兮兮的病号服后，父母在医院楼下小卖部帮我购置好一些必需的生活用品，之后他们就被要求离开了。

父亲在离开之前抱着我哭了，我感到奇怪，我在做一件多么有趣的事情，这种类似拍电影的事在生活里简直难得一见，父亲为什么要哭呢？但是我仍然非常大方、老成地拍了拍父亲的背，像一个大人一样安慰他，告诉他一切都会没事的，让他安心回家。

我的住院生活从此开始。

按照医院规定，我每天早上五点半起床，晚上七点睡觉。这对我来说简直是一种酷刑，因为我一直是个夜猫子，夜晚是我源源不断的灵感来源，月亮是我文学创作的缪斯女神。

我被要求吃好几种药物，并且要在护士的监督下吃完那些药。当时的我仍然不愿意接受药物治疗。我觉得我没有任何病，这些药物都是毒药，它们会损伤我的头脑，就像第一次轻躁狂那样，让我变得迟钝而蠢笨，让我所有的灵感消失，变成一个整天只会抑郁哭泣的废物。

一开始我还心存侥幸，想着我可以先含在嘴里，等一会儿再偷偷吐掉。

但事实上我根本没有吐掉的机会。

住院的时间是模糊的，或者说，当时我的脑子是混沌的。我根本没有时间概念。或许是因为太久没有吃药，而药的剂量又被加大，刚进去的前几天，我睡得很沉，沉到我醒来后以为已经过去了一个月。我开始怀疑我是否来到一个与世隔绝的仙境或是什么地方，就像电视剧里的天庭：天上一天，地上一年。

一觉睡醒之后，我茫然地问周围的人今天是几号，他们回答了我，但他们的答案和我脑子里的时间大相径庭。明明已经过去了一个月，为什么他们告诉我只过去了一天。我从此不再相信精神病院里的任何人。我只信我自己。

住院生活并没有我想象中的有趣，我也并没有在拍电影。等了好几天，也没有等到任何制片人、导演和摄影师。这让我感到气愤，觉得被父母欺骗，被他们联合出卖了。

我开始想要策划一场真正的"飞越疯人院"。

于是我开始观察医院的各个出入口，我观察到我所处的位置应该是一栋楼的四楼或者五楼，这一层楼只有一个大门。但遗憾的是，所有的门都是紧闭的，就连病房窗户为了防止病人跳楼，也只开一个很小的口。

这里的一切无聊到令人窒息，况且我还没有音乐和书籍。一切活动都按部就班地进行着，按部就班到令人扼腕叹息的程度。

每天起床简单洗漱之后，所有人都被要求离开病房，来到一个大房间集合。我们先做早操，然后按位置顺序坐在一张张桌子前，等待开饭。通常早饭会是稀饭、馒头之类的食物，这让我很不习惯。稀饭索然无味，馒头更加难以下咽。我吃得很少，所以经常觉得饿。

后来母亲来探望我的时候，我就请求母亲每次来的时候帮我带两屉小笼包。最开心的时光，就是坐在走廊里吃小笼包。我从来没有像那个时候觉得小笼包这样美味过，两屉小笼包对我来说一点也不多，我很快就能解决掉。其他病友只能在房间里吃难吃的饭菜，而我却拥有世界上最美味的小笼包。

我感到自己与众不同，更加觉得暗喜自豪。

慢慢地我发现，并不是所有病友都没有任何娱乐，医院的看护们会根据每个人的精神状态允许他们带一点小玩意。

对于精神严重失常的患者而言，任何东西对他们来说都是危险物品，所以严禁携带，也禁止其他病友相互传借。但是状态稍微好点的病人，他们就有拥有自己娱乐用品的权利，比如有的人可以看书，有的人可以抄佛经，有的人拥有一个小的收音机。

一开始不允许我携带任何东西，这样的日子相当难捱，为了更好地打发时间，因此我总是擅自换位置，坐到那个有收音机的病友旁边。为了不被看护们责怪，我尽量安安静静地坐在那里，不做出任何会让他们把我拉走的行为。音乐对我来说是不可或缺的，尤其是在那样精神贫乏、无趣的病房里。

我的脑子里仍然有着对世界万事万物的奇怪联想。

听到收音机里熟悉的歌曲，我会觉得是苏航或者周朔在外面点歌给我。这让我感到安慰，他们并没有忘记我。或许，他们也在筹划救我出去。

我抱着这样的信念度过一天又一天。但事实是，除了父母，并没有任何人能够联系到我。

病房里的人是各种各样的：有看着与正常人无异的，也有偏执成狂的；有和我曾经一样喜欢在笔记本上涂涂画画的，也有自己躲在小角落里咿咿呀呀的；更有不顾周围人的眼光在病房里大声歌唱的。事实上这里没有任何一个人会在意周围人的眼光。

遗世而独立，是我当时对这个病房的认知。

我的妄想还在继续。有一天我醒来，仿佛突然预知了未来，我预感我的爷爷最近身体欠佳，会有生命危险。我慌张得不行，想要打一个电话确认。但病房里是不允许有通信设备的，只有一个公用电话，要投硬币才可以用。我手头没有硬币，因此感到无比焦急。

直到我的脑海中浮现出另一个念头，或许我可以用神仙那种方法来挽救我的爷爷？

具体来说，就是从病房的西边走到东边，拿着一杯倒满的水，一边走一边朝地上洒，当杯子里的水洒完的那一刻，我刚好走到病房最东边靠窗的位置。爷爷就会平安无事。

而这一切妄念唯一靠谱的立足点，就是我的家乡。

于是我就真的那样做了。我对着最东面窗外的太阳祈祷，求它保佑爷爷一切平安。

我开始觉得自己是一个善良的小仙女，而这些病友都是我的神仙家人。但也并不是所有病友都是神仙，只有那种病号服干干净净的才是。但那些病号服很脏的人也并不是坏人，他们只是等待被我拯救的、被人间浊气污染的堕仙。

我拥有自己独特的技能，就是通过鼻子的嗅觉去除浊气。

每天，我慢悠悠地绕到那些病号服上斑斑点点的病友身边，凑近他，深呼吸，用鼻子使劲嗅对方的衣服。刺鼻难闻的气味瞬间向我扑面而来，但我并不在乎，因为我是个善良而伟大的神仙，我有义务帮助病房里的每一个人。

一开始，我在病房里是没有朋友的，那些病友都是我想象中的家人。直到有一个姓顾的小姑娘被送进来，我才有了第一个朋友。她和我同龄，长得挺英气的，她告诉我她从事电影艺术行业，并且把她的微博名告诉了我，让我出院后也可以联系到她。

我们顺理成章地混在了一起。我觉得她有一种气场，可以保护我，所以我总是跟着她。我们一起吃饭，一起在桌子前打发时间。

因为有了小顾，我的病房生活不再那么无聊了。

后来，病房里又来了一位短头发的女孩子，看起来比我们大几岁。我们仨一见如故，很快就组成了降魔卫道三人组。

短发女孩说，她见不得外面肮脏的世界，是她自己要求住院的。外面的尔虞我诈和钩心斗角让她无法忍受，她把这个精神病院当成庇护所。

这两个女生在我看来都很正常，确实不像病人。当然，我也不认为当时自己有病。我只是被父母骗进来的。

我的病情时好时坏，有时候我很安静，但有时候我就像只野兽。因此，白天我也被锁进了就寝的病房，和其他病人隔离开来。那些看护用白色的布缎把我绑在床上。

我被囚禁了。

被囚禁的滋味一点也不好受，但我把那当作一种逃生游戏。我极力挣扎着，竟生出一种悲壮之感。我越战越勇，身体不断晃动，整个床都被我摇得吱呀作响。好几次我居然都挣脱开了绳子或者解开了死结。但很快就被看护发现，紧接着我又重新被五花大绑地绑在床上，这一次更紧，勒得我的手臂都留下了深深的红印。

后来我想起这段经历不禁莞尔，假如我被坏人绑架，是否也有当时这样的力气去挣脱呢？

躁狂果真让我充满了不可穷尽的力量，不断壮大我的身躯。

小顾的偏执也慢慢显现了出来。白天病房里是很亮堂的，但总有病人喜欢把天花板上的日光灯打开。小顾去关了几次，那个病人又重新打开。几个来回之后小顾终于忍无可忍，和那个病人争执扭打起来，直到看护们将她们拉开。她回到座位上的时候还显得义愤填膺，她高涨的正义感令我骇然。

后来小顾的病情愈发严重，有一天她告诉我她要去做无抽搐电休克治疗了。她临走前还嘱咐我，无论什么情况，千万不要让他们给我也做这个。

电休克治疗的房间在病房的尽头，我一直对那个地方感到恐惧，我觉得那就是一个生物魔鬼实验室，任何人进去了就再也出不来。因此我开始收敛，表现得乖巧听话，以免也被抓住去做电休克治疗。

后来有一次母亲来看我，她对我说，医生也曾向她建议给我做电休克治疗，被她极力拒绝了。谢天谢地我的父母为我考虑了这些。

住院一段时间后,我被允许看书了。我给母亲列下了我想看的书单,让母亲在探望我的时候带给我。我当时看了《爱的觉醒》和《玛丽莲·梦露传》,我一边看书一边在书上写下批注。现在看来全是幻想与妄言。

同时因为我的乖巧,我还被允许熄灯后可以不马上去睡觉,而是在大房间里看一会儿电视。于是,我和几个同样被允许看电视的病友轮流抢着电视机遥控器,度过了我在医院的最后一段时光。

在我病情还未完全恢复的时候,母亲告诉我,医生同意我出院了。那时我大概已经在医院住了一个多月。

然后,我踏上了回家乡休养的旅程。

12. 混沌时光

回到家乡后,我和2014年第一次躁狂发作休学时一样,开始了居家调养生活。随着药物作用,我对那时的记忆已经有些模糊,只隐约记得一些片段。

最后一次联系周朔,是通过微博,之前因为他将我出卖给父母,所以入院时我已经将他的微信拉黑。但我还是有些想念他。

入院之前和他聊天时,他对我纷杂缭乱、东奔西窜的思维感到困扰,曾提议我在发消息之前先在脑子里整理一下,再发给别人。于是,我认真地梳理了当时自己的一些"心得",发给了他。他一开始没有认出那个账号是我的,回了一个问号过来。当我回复过去,他知道是我之后,便没有再理我。

之后,我们很久不再联系。当我把周朔从微信黑名单中拉出来时,发现他并没有删掉我。但我们从此也只是沉默地躺在对方的朋友圈里,再也没有说过话。

我对周朔几个月来近乎疯狂的迷恋终于随着躁狂的消逝而消

失，来去都快。也许那只是我一个人的钟情妄想，所谓恋爱不过是无中生有而已。

在居家的日子里，父母白天要出门做生意，仍然是由奶奶照料我，她负责给我做午饭，以及做我的个人看护。我的妄想、幻觉仍然没有消失，停不下来的大脑经常支配着我做一些不可思议的事情，因此生活并没有那样无聊。

那段日子里，我所交过的男朋友开始轮番出现在我的脑子里。

有一天我一个人出门（至今我不知道为什么当时我居然被赋予了一个人出门的权利），我在街上漫无目的地闲逛。我的脑子里陆续出现了一些人。潜意识里我分裂成了两个人：我和苏航，我和林彧，或是我和顾铭。我分别带着他们轮流在我的家乡游走。我在脑海里与他们对话，向他们一一介绍我童年和少年时光最喜欢去的地方。

那天，我怎么回到家的已经记不清了，可能是我对家乡的路太熟悉，要是换一个地方，我必然已经迷路。

还有一次，脑子中的幻听告诉我，顾铭正在小镇的某一处地方等我。于是，我跟随耳朵里的声音追随而去，我走了很远的路，走到脚后跟都被磨破，依然没有找到顾铭。我一个人坐在河边的长凳上，不接母亲打来的电话，为没有找到顾铭而怏怏不乐。

其他妄想症状在那段时期也一一出现。包括妄想情绪、妄想知觉以及妄想构思。初期，我还只是有轻微的被害妄想，就像感觉有什么事情会发生的不安和恐惧。随着病情加剧，我开始出现妄想知觉和妄想构思，并对此深信不疑。

比如，我会觉得我是一个雌雄同体的双面人，有一天清晨我站在北侧的窗户，是一个女人的角色，而当我转移到南侧的窗户前，我又变成了一个男人。于是我开始了所谓的角色扮演，我像一个幽怨的闺中少女伫立在北窗窗前，望着楼下的树影喟叹，顾影自怜。而在南窗前我肆意地大口抽烟，意气风发，仿佛是拥有无限权力的王公贵族。

同时因为药物的作用，我经常吃完药，在沙发上躺着躺着就睡着了，无穷无尽的梦境包裹着我每一次短暂的睡眠。我梦到我是一个丑女孩，突然获得了一项绝色少女的改造计划机会。于是在梦中我开始被改造。先从肌肤开始。梦里我仿佛蜕了一层皮，所有的皮肤变得洁白而光滑，他们在梦里开始给我矫正牙齿，我的牙齿随着梦境而不断移动，那种触感无比真实。到最后我似乎真的就成了一个绝色少女。

这样的清醒梦在那段日子里出现了无数次。

当我没有被脑海中的幻想挟持时，我最喜欢做的事情，就是在卫生间打开所有的暖光灯，听着音乐抽烟。望着镜子里的自己，我的内心才能安静下来。镜中我还是我自己，并没有任何改变。

心情好一些的时候，奶奶会带我去家附近的公园。不会用智能手机的奶奶在我的指导下给我拍照，在我还没有开始发胖的时候，竟也留下了不少好看的照片。

公园和山连在一起，爬山的过程中可以看到零零星星的墓冢。我认为那是一种来自神明的指引，于是我对着墓冢虔诚地参拜。当然，在我惊恐发作的时候，我相当害怕那些坟墓，它们带给我一种极度阴森的感觉，让我想要逃之夭夭。

因为奥氮平或是其他某种药物使我胃口大开，所以每天我要吃很多食物，即便如此还是饿得很快。体重开始急速上升，两个月后，我从 100 斤左右胖到了 120 斤。这对一直以来对身材极度在意的我来说，无疑是世界末日。

我不再给自己拍任何照片。

但随着我的精神状况慢慢好转，母亲把收走的手机还给了我。她把我的社交软件都清洗了一遍，躁狂时期我所发的朋友圈和豆瓣状态已经悉数被删除。母亲甚至还装作我的身份，在母校校庆的时候发了一条祝贺的朋友圈。

那时候我甚至可以开始自嘲："我也是看过加缪的人，也是听过涅槃乐队的人，怎么还是落到了如此尴尬的境地？"

清醒过来的我恢复了和几个朋友的联系。但曾经极端的我拉黑了很多人，包括苏航在内的所有前男友，只留下顾铭。潜意识里我对顾铭是信任的，而他也确实从来没有伤害过我。我干脆清空了我的朋友圈，一条一条按下删除键，主页只剩下一片空白。

期间沈遇尝试联系过我，在我们曾经共同的恋爱软件上。因为之前已经删除了那个软件，我隔了很久才发现他的留言，他问我："最近还好吗？"

于是我打了一个电话给他。

当时沈遇已经有了新的女友，并在朋友圈发了很多他和女友的合照。想起我们在一起的三年里，只有在 1 000 天的时候他才发过一次关于我的朋友圈。我不免感叹爱与不爱真的有所区别。电话里他正在打游戏，听我讲了一些近日生活后，他便找借口挂断了我的电话。

后来我抑郁烦躁，再打电话给他时，他对我说，来年要结婚了。

从此我再也没有联系过沈遇。

在家待了大概半年以后，母亲和我商量，是否可以回上海找工作。其实那时候我还没有完全摆脱幻听幻觉的困扰，然而没有办法，太久的空档期只会让我在求职市场上越来越贬值。我只能硬着头皮让自己面对。

2020年8月月初，母亲带着我回到了上海，陪伴我开始了为期一个月的求职生活。

我花了几天时间在租的房子里修改我的简历，母亲建议我不要将第一份只持续了两个月的工作写进去，干脆将那一段留白。如果公司人事问起来，就说是母亲身体不佳，我回家乡照顾她了。我听从了母亲的建议。

随后的一个月，我几乎每天都有两到四个面试，母亲不放心，经常陪着我一起到面试公司的楼下，在大厅里或者是周围的咖啡厅等我。

我的面试可以说是一塌糊涂。

首先，我只有硕士毕业后三个月的实习经验。其次，我还有毕业后将近半年的市场空白期。加上我的脑子一片混沌，经常答非所问，每一次面试都是勉勉强强结束对话。

但最后我还是拿到了一家公司的录取通知书。那是一家规模不到一百人的汽车咨询公司，比起半年前我入职的第一家公司，无论从知名度还是规模上，都相去甚远。

找到工作以后，母亲如释重负，开始陪着我寻觅新公司附近的房子。半个月以后，我搬家了。

搬家那晚，我和母亲打了车。坐在去往新家的出租车上，我望着窗外飞驰而过的风景哭了。我和周围的老房子一一告别，告诉它们不要担心，我还会回来看望它们。

新租的房子是链家品牌下的房子，是个一室居，我一个人住已经足够。我住在一个老小区最顶楼的一个房间里。2019年的9月15日，搬进新家的第二天，我拍下新家阳台对面的屋顶和白云，发了住院以后的第一条朋友圈。

我写道："全新的生活（New New Life）。"

母亲又继续照顾了我一个礼拜，然后坐车回家了。我的独居生活就此开始。

我每天坐45分钟的地铁去上班。上海的地铁总是很难找到座位，所有的人都神色匆匆，男男女女在车厢内很少交流，偶尔能听见上海老太用方言扯些家常。我总是倚在门的一侧，然后在同济大学站下车。

那份工作刚开始的时候，我因为服用奥氮平白天嗜睡，好几次在座位上睡着了。当时的领导忍无可忍，对我说："我看你好几次趴在桌子上睡觉，你不知道我们公司是有监控的吗？"我唯唯诺诺地应对，直到后来嗜睡反应过去。

同时幻听和幻觉也深深折磨着我。我的脑子里总是有人在对话，他们有时指挥着我做事，有时对我的行为评头论足。

我经常还在工作时对着电脑屏幕流下泪来，然后小心翼翼地看看周边，在别人发现之前赶紧擦掉眼泪。即便如此还是会有人发现我的异常，毕竟我的状态真的很显而易见。

一年以后已经混熟的同事告诉我："你刚来那时候，我还以为你是一个刚失恋的小姑娘。"我只能尴尬笑笑，说是那段时间失眠。

那份工作我做得很艰辛，一是因为对汽车行业完全不了解，二是因为我的状态也不太好。药物让我的反应变得迟钝，头脑运转变慢。我需要花一定的时间去思考领导交给我的任务，而不能马上完美地执行。

此外，当时的直属领导是个不太友好的中年男人。他既不肯教我，又嫌弃我笨拙，经常对我冷嘲热讽。好几次我都对着复杂的电子表格和做不完的幻灯片崩溃，但是没有办法，一切还得继续。

试用期到期的时候，领导告知我，因为我的种种表现，试用期要延期三个月。谢天谢地是延期而不是直接解雇，为此我已经心存感恩。

那两年，我忍受着药物的副作用和躁狂后遗症，过着度一日算一日、毫无自我价值和工作产出的日子。我结结实实躺平了。

我靠药物过着平稳而又百无聊赖的生活。每天按部就班地工作、回家，两点一线。除了上班，我几乎回到家就开始睡觉，不想见任何人，对所有事都提不起兴趣，放弃一切娱乐。周末也都宅在家里，没有任何社交生活，经常一睡就是一整天。同时，我的体重居高不下，最巅峰的时候已经胖到了130多斤。冬天穿羽绒服的时候，我像一只巨型的企鹅，裹着黑色的外衣，在人群里畏畏缩缩。

那时的日子日复一日地无聊，我的生活中再也没有任何情绪上的波动，仿佛一潭死水。我每天重复着单调的日常，期盼着通过按时乖乖吃药躁狂不要再重新找上我。

许多次我都想重新写点什么，但事实是，我经常对着文档却发现什么也写不出来。无聊的生活将我仅剩的灵气消耗殆尽。我痛苦极了。

我的内心无聊且麻木，一个人孤军作战的上海一点也不可爱。无数次我都想要回家乡摆烂，但残存的意志还是让我留了下来。就这样既平庸又仓皇，既不甘平淡又找不到方向，一直维持着不痛不痒的状态，仿佛人生就是如此了。我的心里总是时不时出现一种不祥的预感：躁狂终会将我安稳的生活重新卷走，我会再次回到一无所有。

同时，我的父母对我的病诚惶诚恐。出于对我的保护，母亲向所有人包括亲戚都隐瞒了我的病情，抱着少一个人知道少一分危险的心态。我去医院挂号、复诊、开药，用的也是我母亲的身份证。

"妈妈已经退休了，被查起来也不怕。但是你不一样。"母亲这样告诉我。

日常生活中，母亲更是小心翼翼：起初，我在大城市租房，她会叮嘱我把药瓶藏起来；连提醒我吃药，都会用"吃糖"这种暗号来代替；提到看病复诊这类事，更是不用打字，而是用方言发语音过来或是直接给我打电话……这一切都让我有一种欲盖弥彰的感觉，但我其实能理解她的苦心。

在一定程度上我也出于私心而自我保护着。当我面临一份新的恋情时，我总是不会第一时间告知对方我其实是一名双相情感障碍患者。总是要等感情稳定后，我才有足够的底气和勇气，战战兢兢向对方坦白，并抱着随时可能一拍两散的心态。

我经历了史上最长的情感空档期。生活里的人来来去去，短暂虚假的甜蜜是有的，但总不长久。我日常在"永远期待爱情"和失望中反复切换。

生活和感情上长久的寂寞，加上梦里唯一的主角永远是苏航，以及我们之间频繁的豆瓣互动，让我觉得自己又开始喜欢他了。我想那是十八九岁就开始的真心实意的喜欢，也是久而久之习惯成自然的喜欢。

在反复自我挣扎后，我终于向苏航表示，还喜欢他。

隔了很久，他长长地回复了我："说实话有点突然，不知道该怎么回答。不过我对你的感觉也一直比较奇怪，毕竟以前喜欢过你也伤害过你。我还是很希望你能开心地生活，但是我也确定我们最多只能以朋友的关系继续相处了。如果我发现作为朋友的这个身份对你会有不太好的影响，不管是哪方面，我都倾向于淡出你的生活。不管怎么说，任何人都应该表达自己，也很佩服你还是这么勇敢。一切都以你的生活为前提，不要受影响。"

我对这样的回复一点也不感到意外。但是我仍然感谢苏航这样认真地回应了我。

在我表白一周后，我还是和苏航一起去听了谢天笑的现场音乐会（Live）。因为票是很早就买好的。

那天是本科毕业以后我第一次见到苏航，或许是没戴眼镜的缘故，一开始他从人群中向我走来的时候，我并没有认出他来。苏航几乎没有改变，而我却因为药物的原因长胖了许多。但奇怪的是，在他面前我意外地很坦然。就连我最在意的发胖和变丑，也没有让我有任何自卑心理。在苏航面前，我永远是那个恣意明朗的女孩。

那晚的不插电演出，谢天笑出乎意料的温柔。

我想起2014年的秋天初识苏航，我跟着他第一次看谢天笑的现场演出。当时我们挤在第一排，他也是一样的专注。时隔六年，我们一起站在人群最后排，我的右耳里传进的都是他跟唱的声音。

即便没有发生任何事，只是一次普普通通的会面，我站在人群里，还是发自内心地希望那个夜晚可以更长一些。同样，我没有比那天更确定我和苏航回不到过去，也亲身体验了克制是多么隐忍的事。

看完演出之后我和苏航一起步行去地铁站。他告诉我他已经很少抽烟了，并让我也少抽一些。我们一路闲聊，没有任何逾矩。直到必须分别时，我们互道再见。但我们都清楚地知道，以后再见的机会只会越来越少。

"山高水长。总有一天我会不再爱你。"

走出地铁门的那一刻，我对自己说。

随着时间慢慢过去，我开始越来越不满于当时那份工作带给我的自我价值。我并不热爱汽车这个行业，而内部组织架构的变化让我的直属领导换了一个又一个。我就像一只待宰的羔羊，在一个又一个屠宰场流连。

2021年年初，我开始在网上零零星星地投简历，计划换一份新的工作。

去面试时总有公司人事问我："你是上海交大毕业的，为什么之前不去一个大厂工作？"我无言以对，因为当时的身体状态根本让我别无选择。

某天无意间看到网上有篇文章提到高开低走的人生，我深有感触。

我问自己：我高开低走了吗？

我想某种意义上是的。上海交通大学的学历背景本该让我骄傲，而实际上却总是让我有种羞愧和心虚的感觉。我经常感到如今平庸的自己已经配不上母校的头衔。

闲暇时我也会和朋友感慨，少年时的雄心壮志早已成为远古回忆，"绝不平凡"的人生格言也似乎在嘲笑如今的我。出乎意料地，朋友这样回复我："很酷啊，你的人生经历。那么多经历之后回归生活，完全诠释《平凡之路》。多疯狂啊！然后回归平静，我觉得这才是人生真谛。"

我被她的话震撼了，我从来没有往这方面想过。从小自诩不平凡的我，一直因为生病后浑浑噩噩的躺平生活而自怨自艾，却从来不知道原来我这样的经历在别人看来也可以是很酷的。

> 我曾经拥有着的一切
> 转眼都飘散如烟
> 我曾经失落失望
> 失掉所有方向
> 直到看见平凡
> 才是唯一的答案
>
> ——朴树《平凡之路》

我想我有种豁然开朗的感觉，同时也有些释然。

13. 一生挚爱的出现

同时，感情空白期的我开始想要一些稳定的关系。

2021年年初，我在朋友的极力推荐下下载了国外的一个社交软件，漫无目的地划了几天后，我匹配上了简翊。他1996年出生，比我小一岁。简介上写着名校硕士毕业。图片配了一张他弹吉他的照片。

我那时还是喜欢和音乐有关的一切。因此我在选择对象时不看别的，就看对方会不会乐器，爱不爱摇滚。

我就选择了他。

与简翊的相识其实是我无聊的产物。幸运的是，我遇见的是一个真诚的人。

稀疏平常的寒暄之后，我和简翊加了微信，有一搭没一搭地聊着。我跟简翊说了我在软件上遇到骗子的事，讲到那个骗子找我打了一个小时电话时，简翊突然问我，要不要也打个电话？

于是，我们开始从微信聊天转为语音电话，第一次就打了两个半小时。我只是把这当作普通的消遣,在无聊的时刻,和陌生人打一个不那么无聊的电话,仅此而已。

第二天晚上我们仍然打电话,还是两个多小时。我和简翊聊得很杂,因为都喜欢音乐,聊了很多歌,关于乐队,关于吉他,还有一些其他的。

不得不说,到了第三天的时候,我开始有点期待和简翊聊天了。或许是我真的太无聊了。简翊是个跟我既像又不像的人,至少他的生活没我这样无聊,但是他内倾,他的直觉、思考、判断是典型的建筑师型人格,和我的人格很类似。我在简翊的怂恿下去做了一个人格测试,其实并没有太把这个测试当一回事,只当是为拉近我们关系做出了一些小小的贡献。

再后来简翊问我要不要学点乐器,比如吉他,他可以教我。鬼使神差地,我答应了,并且开始对那年的未来有了一点憧憬。即便我们没有什么结果,学个吉他也是件听起来不错的事。

第一次见简翊是在电影院。我比约定的时间早到了,于是在商场五楼的游戏厅晃荡了一阵子。投篮机前都是年轻的男孩子们,很青春,让我想到了2014年长发飞扬的自己。

上楼到电影院的时候,我开始在人群里寻觅高个子的男孩子,简翊戴着口罩,我一眼认出了他。他高,留着简单干净的短发,是细细软软的那种发型,让人看着很想摸一摸。

我们定的票是《心灵奇旅》的3D厅,电影开始前,我们有一搭没一搭地闲聊。和他的交谈与打电话时一样,不是一直都有话讲,虽然沉默却并不显得尴尬。

看完电影后,我们打车去了另一个商场吃晚饭。简翊对吃饭似乎很重视，前一晚的时候，他和我在电话里选了很久的餐厅。他认真地告诉我，从餐厅的选择可以看出一个人的品位。后来因为想去的餐厅要等一个多小时的位，我们去了另一家淮扬菜系的餐厅。我点了一份糖醋排条，把剩下来的点菜任务交给了简翊。他是个做决定很果断的人，很快就点好了所有的菜。

简翊应该是饿了，那顿饭我们吃得很快。吃完饭以后，他带我去了商场底层的星巴克继续坐着，从帆布袋里拿出一个游戏机。我忍俊不禁，心想这个男孩子真的是有备而来。

我们在星巴克一起玩了三个小时的游戏，把他游戏机里的小游戏几乎玩了大半。简翊是个很菜的游戏选手，让我这个游戏盲都找到了久违的成就感。我喜欢和他相处的感觉，简单又舒服。

回家的时候我终于下定决心买一把吉他。简翊很快帮我在京东上挑好了吉他和各种配件，并直接发了一个购物车链接给我。型号是Yamaha fg600，磨砂的漆面。买下吉他之后我发消息给他："以后就麻烦你啦，简翊老师。"他俏皮地回了我一句："好噢。"

那天见完简翊，我在日记本里告别苏航。

第二天下午我们又开始打电话，聊到后来简翊在电话里问我："你想交往一下吗？"我被问得有些愣，结结巴巴地回答："可以。"紧接着他回答："那好，我们试试。"

之后的一个礼拜，我们每晚都在网易云一起云听歌，有时候是我分享专辑，有时候是他分享。看着"你们已经一起听了x小时音乐"中的数字一点点地增长，我感到一种时间缓慢流淌的温柔。

和简翊的相识让五年没有写过故事的我，重新有了写作的灵感。我开始写我们的故事，带着半虚构的成分。

聊天的时候,简翊知道了我在写关于他的故事,吵着要看。

"剧本里的人物发现了剧本,这个剧本很酷。"简翊说。

只是直到最后,我也没有让他看到这个剧本,或许先锋实验型的表演会更加有趣,我这样想。

第二次见面,我们约着在我家学吉他。简翊是个好老师,很耐心地教我拨弦、扫弦。这一次我们都有些局促。简翊先弹了几首曲子,弹琴的时候他抬起头望向我,我不好意思直视他的眼睛,只好假装认真看着他的手势。

空气有些旖旎,但我不得不说有些浪漫。

我学的第一首歌是陈粒的《种种》。简翊说我长得有些像民谣歌手陈粒,其实他不是第一个这样说的人。我先学了两个和弦,从来没有想过手指按在弦上竟然这么疼。我无奈地想,接下来的一周,我天天都要和这两个和弦见面了。

"你是我梦里/陌生/熟悉/与众不同/你是我梦里/幻想/现实/不灭星空"。

简翊坐在床沿上弹琴,音响里放着这首歌,傍晚的时候夕阳一点点照进来,我突然觉得民谣比摇滚要美。初中看张艾嘉的电影《心动》,长发的金城武在舞池里弹吉他,一边弹一边看向倚在门边的梁咏琪。那个时候我就想,以后我一定要找个会弹吉他的男朋友。

或许我还是延续着苏航时期的恋爱憧憬,但无妨,现在一切都已重新实现。

简翊是个很可爱的男孩子。他的背包里似乎带了很多东西。里面有小音响、游戏机,还有几罐啤酒。他不像其他男人一样抽烟,只是偶尔喝点酒,我觉得这样很好。他是个健康生活的男孩子。

晚上我们去家门口的老北京火锅店吃饭。下楼梯的时候他突然问我要不要牵手,他的绅士和礼貌让我很有好感。出了门我任由他牵着。似乎很久没有和人牵过手,我意外地觉得这样的亲密很安心。

其间我偷偷给好友发消息汇报"牵手get",简翊没有发现。

吃完晚饭回到家之后。我们挑了一部电影一起看,是枝裕和的《海街日记》,主演是四个非常美丽的女孩子,里面有我很喜欢的绫濑遥和长泽雅美,我尤其喜欢她们一起放烟花的那一幕。

电影结束之后简翊把头埋进了被子里,说自己要躲起来。我越来越觉得他好可爱,是那种有点幼稚的可爱。

有一刻我其实也想躲进去,不过我没有。

过了一会儿简翊从被窝里钻出来吻我,音响里播着英格玛乐队的歌。我一直很想在英格玛乐队的音乐下接吻,那让我觉得非常浪漫。一切都显得应景极了,晚上躺在一起睡觉的时候,我突然想起周朔曾经说过的那句"人类真的需要人类来陪伴"。

接下来的一天我们睡到中午,一起玩了游戏,逛了超市,简翊给我做了一顿简单的晚饭。我一直觉得和喜欢的人逛超市是一件极其温馨的事,我们一起挑选晚上要吃的菜。经过饮料区的时候他给我拿了好多瓶水,告诉我平时要多喝水。我被这样的细节打动,只能努力点点头。

晚饭简翊做了虾仁炒蛋、番茄炒蛋和炒鸡毛菜,都是非常家常的菜。他在厨房捣鼓的时候,我就在房间里乖乖听歌。第一次享受到男朋友给自己做饭的待遇,我感觉非常不错。

饭后我和简翊躺在床上又听了一会儿歌,简翊抱着我,说怎么亲都亲不够。周末的时间过得似乎很缓慢,慢得恰到好处。

送走他的周一我总是在想下一次见面。

那天晚上我们又一起在网易云上听歌,切歌换到碎南瓜乐队的《碎瓜》(*Mayonaise*)的时候,我想起简翊的微信签名就是其中的一句。于是我把自己空白的签名设成了里面另外一句歌词:"Run away with me tomorrow(明天,跟我私奔吧)"和他的"When I can, I will.(什么时候,我愿意)"正好呼应。

再然后我们又开始打电话,简翊在电话里对我说"上瘾,见你上瘾"。我在黑暗里笑:好喜欢这样的说法。

我们马上约了周二晚上再见面,我想兴许,我也有些上瘾。

遇到简翊时,距离2019年第二次复发已经两年,这期间我的生活波澜不惊,或许可以用现世安稳来形容。那时我已经和正常人别无二致,正常的恋情、工作,偶尔也会担心哪天会爆发,不过大不了重新来过,没什么可怕。我并不害怕面对疾病,我更害怕一成不变的生活。

2019年以来,我经历了几次换药,最后稳定在丙戊酸镁、阿立哌唑和氨磺必利三种药物,不得不说,这三种药物的组合可以将我的状态维持在一个最稳定的水平。极少发脾气,更不用说情绪的大起大落和崩溃,甚至比起一个有七情六欲的正常人来,我的情绪都更稳定一些。

药物就像是最好的保护罩,小心翼翼地维护着我的心情。 唯一遗憾的是,麻木也随之而来:我不再轻易感动,也不再有起伏的情绪，变得迟钝，失去灵感。

偶尔我会很怀念轻躁狂的时候，想念那些无穷无尽的能量和数之不尽的灵感。但我已深刻体会到，轻躁狂和躁狂只有一线之隔，比起那些日夜消耗的疯狂，平淡的生活才弥足珍贵。

当时仅仅是周末的约见，已经越来越不能够满足我和简翊想见到彼此的心情，于是我们开始周中下班后也见面，后来干脆他住到了我租的房子里。我们有时候住在我的出租屋里，有时候也会去他那儿。

我们吃遍了两个人住所周围的所有饭馆。我们总是在一个地方，就吃遍那个地方，几个月下来解锁了很多新餐厅，也吃了很多美食。

简翊烟酒不沾，热爱看书和学习，会弹吉他，也很专注于工作。更重要的是，他的性格很温和，和他在一起我总是感到喝温水般的舒适。我很少遇见喜欢看书的男孩子，这个品质让我觉得异常珍贵。尽管我们涉猎的书籍类型并不相同，但一起看书的时光总是缓慢而快乐。

那段时间我朋友圈的关键词变成了"快乐"，连不太关注我的朋友都发现了我的变化，并且祝我快乐每一天。或许我本身就是个满足阈值很低的人。好友佩珀也告诉我，说感觉我这次谈恋爱之后变了很多。具体也说不上是什么变化，可能就是变快乐了吧。

我会开始做一些很幼稚的情侣之间的事。比如给自己定制了一个手机壳，上面写着我和简翊的名字，或者是买了"情侣间要一起做的100件事"挂历，以及买很多有可爱图案的情侣装。我很喜欢这些充满爱意的小玩意，有种生活美好的感觉。

我们买了一个小型照片打印机，把一起拍的照片都打印了出来，贴在墙面上，贴了满满一墙。空空荡荡的出租屋慢慢被他带过来的东西所填满，如同我沉寂已久的心。

简翊和我之前交的男朋友不太一样，苏航和沈遇总是和我一起抽烟，我们相爱的时候狼狈为奸。但简翊不同，他希望我能够戒烟，过健康的生活。

我无法一下子戒烟，有时候我会背着他偷偷抽。大多是趁简翊洗澡的时候，或者半夜简翊已经睡着的时候。我会悄悄走出房门，为了不发出声响，不关门，只掩住一个小口。

站在昏暗的楼道里抽烟，我一时不知道自己在做什么，那时候抽烟的习惯已经持续了七年，而七年下来，抽烟对我而言，只是下意识的动作而已。

抽完一支烟后我回到房间，洗手，刷牙，尽量把身上的味道洗干净。然而简翊还是会发现。

他少见地与我生气。

简翊是个脾气很好的男人，我们从来不吵架，唯一闹脾气的几次，都是因为我背着他去抽了烟。简翊的声音很低，他说，你把我当傻子吗？

我知道是我做错了，也知道他是为我好。我只有向他道歉。

但戒烟不是一两天就可以达成的事，我试着将传统纸烟换成电子烟，简翊终于暂时妥协。

在一起的第三个月，我和简翊一起去了一趟杭州，那是我们第一次一起旅行。一起坐动车去杭州的路上，我像以往一样听了一路惘闻的《最后旅程》，但这一次，我没有像从前那样听出哀伤，而是听到了一段旅途的希望。

杭州的九溪烟树很好看,我们一起爬了宝石山,走了很远很远的山路。

杭州可以说是我的第三故乡,因为我高中三年都是在那里度过的。我带简翊见了我从小到大的一个好朋友,我们一起在朋友开的小火锅店里吃火锅。我很喜欢和老友相聚的时刻,煮火锅时升腾起来的氤氲热气,那些咸香或辛辣的气味,都让我感受到岁月的温柔。

事后我悄悄问好友对简翊的印象,她说尽管还不是很了解他,但第一印象很不错。这让我颇为高兴。

从杭州回来后不久,我接到了一家公司的电话,通知我被他们公司录取了。那是一家中等规模的公司,主营私域运营业务。我的部门是医疗事业部,担任医疗咨询分析师,为药企提供患者管理解决方案。虽然这家公司并不是大厂,但我想我可以一步一个脚印慢慢来,于是我接受了那个录取通知书,向当时公司的领导提出了离职申请。

简翊为我找到新工作而格外开心,同时他也对自己当前的工作有些不满,开始寻觅新的机会。

进入新公司后,因为对医疗行业一无所知,我果不其然地脑袋空空。一开始只能做一些简单的收集资料和整理文档的工作。

我的部门领导是个像教导主任般严肃的中年男人,他一个人管理着一个三四十人的大部门。因此作为他的直属下司,起初的半年里,我经常处于一种被放养的状态。没有人教我,我也没有必须要达到的关键绩效指标(KPI)。我的工作状态甚至有些接近于上一份工作,极其无聊,有大把的空闲时间。

相比而言,生活远比工作来得有趣。

我和简翊几乎每周末都会去打卡上海的各个公园。从杨浦到虹口，从虹口到静安。我们像一对老夫老妻，手牵着手走在公园的小径上。

趁着假期，我和简翊去了他的故乡南京，拜访了他的父母。简翊的父亲是个经营涂料厂的商人，但他的身上却丝毫没有商人世俗的气息，给我的印象反而非常儒雅。他的母亲是一位初中教师，看起来很温柔，有慈爱的感觉。这稳定了我对这份感情的信心，我们的未来，在一点一点地清晰起来。

那时的我离病态的生活已经很远了，我喜欢与简翊在一起的每一天。喜欢这种触手可及的满足感，喜欢每天清晨醒来的时候看到简翊就睡在身边，喜欢每天睡眼惺忪的他抚摸我的脸互道早安，喜欢相拥着入眠，喜欢弹着吉他的他把所有思想从潜意识里浮现。

喜欢这一切。

和简翊一起相拥在狭小的房间，我想象两个人迈进了一千人之舞的无垠之土，抬起头仿佛就能看见无数星辰在我头顶上盘旋，那些生命中所有不可能都逐渐变得清晰可见。

人生真的有无限可能，而我们仅仅体验了其中一种。我知道，我们还将一起体验很多。

我曾经不相信永远。但我们年轻，就应该有所期待。

"你若咬定了人只能活一次，便没有随波逐流的理由。"

我们谁都没有随波逐流，一切通向未来，我们成为彼此，我们成为自己。

曾经我一直以为2014年的轻躁狂时期是我最快乐的时光，而现在，我却觉得每一个和简翊在一起的明天都是更快乐的开始。

14. 一生之约

和简翊在一起半年后,我决定带他回我的老家见父母。

我是真的要和这个人共度一生了吗?说实话,我没有细想过这个问题,也觉得没有思考的必要。抓住一段现世安稳的关系,是我的第一命题。

但我想要在那之前向简翊坦白我的病情,是对彼此的负责,也是对这段关系的进一步确认。

为此我纠结了很久,犹豫着要怎样告诉他这件事情。最后我选择以一种比较含蓄的方式告诉他:我给简翊写了一本电子书,前面是我们的恋爱回忆,最后一篇,是我身为双相情感障碍患者的独白。那本电子书我写了将近半个月,光是恋爱回忆就写了近四千字。写的时候我回忆着我们的相识、相爱,不断感慨着命运的神奇。

我发给他的时候已经临近下班,他很久没有回复。我心里很沉,仿佛我们已经分手。但是对话框里突然弹出一条:"我在地铁上都看哭了。"

我真的难以形容当下的感受，所有复杂的情绪一下子涌到了一起。

我问他："那你还愿意和我回老家见父母吗？"

"当然愿意了。"他给我肯定的回答。

那一刻我向自己确认，简翊就是那个对的人。

很久之后，我和简翊再聊到那天我向他坦白病情后他的态度和反应，简翊说，他并不觉得身患双相情感障碍是一件多么不能接受的事情。况且，在那个时候，任何事都已经无法阻止我们在一起。

在老家的酒店里，简翊躺在我怀里，对我说组建家庭是件挺不容易的事。说着说着就没有了声音。我低下头一看，这个笨男孩居然哭了。那是我第一次看到简翊在我面前哭，给我的触动很大。

"我觉得我在做一个很大的决定。"简翊这样告诉我。

我没有去确认究竟那是一个什么样的决定。但我想我能够明白一些，或许是决定了和像我这样的一个病人在一起，面对着未来一起共度余生的可能性。

回到上海之后，我和简翊的关系变得更加紧密。我的生活也开始变得更好。

双相情感障碍虽然带来了许多改变，它增加了我的体重，让我不再像从前那样轻盈可爱，也让吃药变成每日的例行公事，我需要面对一大堆因为吃药而来的副作用。但当时经历过两次躁狂复发的我已经深知规律吃药的重要性，简翊也扮演起了监督我吃药的角色。如果换一种角度来思考，把双相情感障碍想象成糖尿病之类的慢性病，按时吃药也就变得不那么令人抵触。因为有太多的人需要终身吃药去维持机体的健康,而我只是那沧海一粟。

同时,因为恋爱肥,或许也是药物副作用的关系,我本来已经有所下降的体重又开始上升,于是我决定把薄荷健康软件重新用起来,认认真真地减一次健康的肥。

其实我的家族里并没有肥胖基因,长大后我一直维持着一百以下的体重。患上双相情感障碍之后,我开始接受药物治疗,从喹硫平到奥氮平,从丙戊酸钠到阿立哌唑,八年来我经历了一次又一次的换药。然而,这些药物都有相同的副作用,那就是打乱我的内分泌系统和激素水平,让我像吹气球一样慢慢变胖。

《双相情感障碍:你和你家人需要知道的》这本书里,有一名患者为她所服用的药物都起了令人忍俊不禁的别名:

"我通过服药来缓解更年期抑郁症,可是这些药物使我的体重猛增,并且使我的激素分泌异常。所以我重新给它们取了名字:'双丙戊酸钠——胖墩''奥氮平——猪''利培酮——绝望'。"

为了抵抗奥氮平——猪和丙戊酸钠——胖墩的增重作用,我不得不开始认真地减肥。简翊加入了我。

我们一起跟着健身软件(Keep App)做运动。我每天雷打不动地在Keep上打卡,两组运动下来已经是大汗淋漓,做完后有种神清气爽的感觉。半个月下来,收紧核心的时候已经可以感到腰部线条变得流畅。

曾经我经历过暴食、绝食,各种饮食失调的减肥方式。而遇到简翊后,我似乎慢慢成了一个健康生活的人。感情稳定的同时也让我的情绪格外稳定,我几乎不再有崩溃的时刻,就连普通的低落也很少有。这让我感谢命运对我的垂怜,也感谢命运让我们相遇。

另外，由于长期服用药物，我的内分泌严重失调，例假经常延期，即使来了血量也时多时少。同时我也一直和此消彼长的红肿痘抗衡。

终于，我下定决心去内分泌科就诊。

我在网上预约了家附近的第一人民医院，因为是周六就诊，没有固定排班，每一次接诊的医生都不相同。每一次我都要向看诊的医生重复一遍我的症状，我告诉他们我可能是由于服用精神病药物而内分泌失调。为了排除是否还存在其他原因，医生建议我做一些常规检查。

第一次去的时候，医生建议我先做血液检查。我抽了大概十管血，血检的结果将在一周之内陆续出来。我每天在医院小程序后台看我的检查报告，等待结果。

不出意料的是，我的检查结果几乎一塌糊涂，各项指标都偏离正常范围。雄烯二酮、血清脱氢表雄酮、睾酮、尿酸、垂体泌乳素等指标都偏高，尤其是垂体泌乳素，正常值范围为102~496 mIU/L，而我的却高达3 082 mIU/L。

我对垂体泌乳素升高其实早有预感，因为从很久以前开始，我就发现我的两侧乳房可以分泌出乳汁来，就像哺乳期的女性那样。但我没料到的是指标会有这么高。带着忧虑，我在复诊之前去网上查询了相关问题，得知垂体泌乳素高达3 082 mIU/L，我推测我可能是患上高泌乳素血症，长期下去会影响生育及出现一系列问题。

第二次复诊时，医生看了我的血检报告，建议我再做一个脑部磁共振成像排除器质性原因，以及做一个彩超检查。此外，她还建议我复查垂体泌乳素，因为第一次的结果实在太高。

垂体泌乳素二检的结果很快出来，尽管指标有所下降，但还是有 2400 mIU/L。很明显，我的身体出了一些问题。脑部核磁共振成像我没有去做，因为我当时戴着牙套，牙医并不建议我为了做脑部核磁共振成像而摘掉牙套，因为这意味着我一年多来的矫正要洗牌重来。

彩超检查的结果当场就出来了。放射学的诊断是双侧卵巢多囊样改变，宫内膜厚度偏薄，以及盆腔未见明显积液。做检查的医生告知我，我极有可能患有多囊卵巢综合征。

我拿着报告单，还没等出医院就开始查询多囊卵巢综合征的症状表现及影响。百度百科是这样定义多囊卵巢综合征的："多囊卵巢综合征（PCOS）是生育年龄妇女常见的一种复杂的内分泌及代谢异常所致的疾病，以慢性无排卵（排卵功能紊乱或丧失）和高雄激素血症（妇女体内男性激素产生过剩）为特征，主要临床表现为月经周期不规律、不孕、多毛和/或痤疮，是最常见的女性内分泌疾病。"

我对照了一下自己的症状，发现符合月经周期不规律及痤疮，可能还有些许肥胖。我将检查结果告知了主治医生，想要咨询他的意见。他告诉我垂体泌乳素增高和多囊卵巢综合征可能是吃氨磺必利的结果，他会给我慢慢调整药物。

一个月之后，我约了心理咨询科的线下复诊。

看心理咨询的人总是很多，因为当时约的号比较靠后，我从下午一点半等到了四点多才被叫到号。等待期间，我做了一份就诊前的问卷。由于是复诊问卷，和之前我做的题目有很大差异。这次的题目显得更加有趣了一些。

比如为了检验是否有焦虑强迫症，我被问到了一些很细碎的问题：家里的居住地址、居住地在几楼、房屋的面积大小、小区的绿化情况等。倘若一个人伴有焦虑和强迫症状，做这些题目的时候一定会感到烦躁，或许还会中断答题。这让我感叹设计问卷的人心思的巧妙。

另外，我也做了一些常规的判断是否抑郁和躁狂的问卷。做完整份问卷花了半小时左右。

在做心理问卷的时候，后台是会智能计算每道题的答题时间的，当你在一道题目上停留过久，系统就会判断你有隐瞒病情的可能。因此我在这次答题的时候，控制了一下作答每道题目的时间。

医生每天要接诊无数病人，无法在一个病人身上花费太长时间，通常就是通过诊前问卷来判断病人的情况。我进到诊室之后，和医生打了招呼，他表示从问卷结果来看，我的状况很正常，于是他开始帮我调整药物。从原先四粒丙戊酸镁、一粒氨磺必利、一粒阿立哌唑，调整到仍然四粒丙戊酸镁、半粒氨磺必利以及两粒阿立哌唑。

医生建议我逐渐减掉氨磺必利的药量，以半粒的量先吃一个月，等一个月后就停掉不吃。我们约了两个月后再见面。

停掉氨磺必利之后，垂体泌乳素果然很快下降。两个月之后复诊，这项指标正常了。

7月底的时候，我和简翊开始着手看新房子，准备搬到一起正式同居。

看房子的过程很有趣，我们经常会陷入对各种房子的比较。他喜欢有电梯的新小区，看中小区的绿化和周边环境。而我却只对房间内部的装修在意。最后我们达成了统一,综合了我们两个人对房子的要求。新家坐落在一个新小区里,是一个电梯房,同时,小区有大面积的绿化和宁静的居住环境。

搬进新家之后的第一天,我和简翊一起躺在床上重新听碎南瓜乐队的《碎瓜》(*Mayonaise*)。这首歌的前奏就像我和简翊在一起时的感觉,清澈的泛音,清晰可辨的音符,一切都那样温柔。听着听着我又想起了刚认识简翊的时光,所有细节都一点点重现。而随着吉他 Riff[1] 的加入,思绪重新被拉回现实。

200天就这样转瞬即逝了。

我们会在周末闲暇的时候好好收拾房间,把书籍和简翊收藏的各种酒摆在柜子里,也给家里添置了鲜花和绿植。一切都看起来很温馨,我们拥有了一个属于自己的真正的小家。

一起经营一个小家让我和简翊更加亲密。我们几乎从不吵架,三观很合拍,双方也都是好脾气的人。简翊很关心我的健康问题,任何小事都放在心上。叮嘱我按时吃药,改掉我催吐和吸烟的习惯,每天带着我一起吃维生素补充营养。他还会在我睡着的时候偷偷亲我,有几次连着亲了好几下。晚上睡梦之中,简翊也会转过来抱我,隔天我对他提起这件事的时候,他告诉我那是无意识的。但这份无意识的温情让我感动。

简翊支持我的一切:考营养师、经营小红书的便当料理、写小

---

[1] Riff是一种简单、重复、有节奏感的旋律或和弦,通常用作伴奏或主题的基础,可以作为整首歌曲的核心部分。

说……所有这一切小事堆砌在一起都是我安心和幸福的证明。

这让我觉得，浪漫不是遥遥无期的爱情，浪漫是温柔和陪伴。我们完全不需要去过《邦尼和克莱德》里"他们年轻，他们相爱。他们抢银行"的生活，"我们年轻，我们相爱，我们粗茶淡饭"就已经足够。

我在我们共同拥有账号的网站上写恋爱日记，这些鸡毛蒜皮、看似无聊的记录，翻阅时总带给我别样的温存感。我想起电影《花束般的恋爱》里这样一句台词："我的人生目标，就是和你维持现状。"那是我和简翊一起看过的第六部电影。

这的确也是我的心声，我想和简翊一直生活下去，维持现状。爱到暮暮迟年，爱到垂垂老矣，爱到皱纹爬满了脸颊，爱到相爱变成相依。

我和简翊生活如常，相爱的日子总是过得很快，2022年的春节很快来临。我们各自回老家过年。

在老家的时候，我们又开始隔着手机屏幕一起听歌。我给简翊点了约翰·列侬的《哦！我的爱》（Oh My Love），那是一首我很喜欢的歌，每次听都会觉得内心平静，也是我的婚礼保留曲目之一。我们又像是回到了刚认识那会儿。

随着那句"Oh my love for the first time in my life, My eyes are wide open. Oh my lover for the first time in my life, My eyes can see."轻轻被唱出来，简翊在屏幕上打"老婆我爱你"，我回复了一句"我也爱你"。带着内心泛起的暖意和安心的幸福感，我将这个画面截屏。

那晚和他在网易云一起听歌结束以后，我抽空再看了一遍电影

《娜娜》的片段。

> 两人立刻开始一起生活
> 莲带给我唱歌的喜悦
> 教会我弹吉他
> 也给了我生存的希望
> 但是，我能够为莲做些什么事情呢？
> 即使不能再唱歌，就这样跟莲一起到东京去，
> 为了莲，每天做饭，打扫房间，为莲生育孩子
> 我也许应该这样做的
> 这样不就已经十分的幸福了吗？
> 对没有家人的我们来说，建立一个安稳的家庭
> 比实现梦想，更加重要才对。

就是如此。就这样和简翊在上海生活下去，为了简翊，每天做便当，直到和他生儿育女。

对于当时的我来说，建立一个安稳的家庭，的确比实现梦想，更加重要。

2022年3月，因为上海疫情严重，我和简翊开始了一起居家隔离的生活，一直到6月才终于解封。将近三个月的24小时朝夕相处让我们都更加深入了解彼此。我愈来愈发现我和简翊在三观上的契合，也更加坚定了和他共度一生的决心。我想简翊也是如此。

由于上海蔬菜肉类的稀缺，那段日子我们总免不得要早起抢菜。我让简翊好好睡觉，自己定了每天5点多的闹钟起来抢菜。那

阵子的冰箱总是被我们填得很满，我们很喜欢把冰箱塞满和慢慢消耗掉食物的感觉。像极了生活的意义。

葱在当时也是个紧俏的物件。于是我们开始自己动手种葱。跟着网上的教程，我和简翊把从网上买来的葱从根部切段，培育在加工后的饮料瓶里。窗台上很快摆满了各式各样的饮料瓶。我新建了一个相册，起名叫《小葱日记》，每天拍照记录葱的生长过程。

不得不说，小葱真的是一个生命力非常旺盛的物种。只要有水就可以存活和生长。我们看着亲手种下的葱慢慢长高，这看似无聊的生活却让我们备感幸福。

幸福对我而言早已不是惊天动地、寻死觅活的爱情，而是日积月累的点点滴滴。

上海解封后，简翊的父母卖了南京的一套房子，我们开始着手准备在上海买房。这在一定程度上加快了我们关系的进展。有一晚简翊和我谈到领证，问我愿不愿意和他结婚。这是我期盼已久的事情，于是我欣然答应。简翊在我面前哭了，他感动地表示，自己要有妻子了。

他的感性总是会让我忍俊不禁。我总是觉得有些好笑，同时又很开心。回想这一段感情，真的非常有安全感。每一次我看到简翊的泪水，都会觉得好珍贵，那是一种真切的被爱着和被好好珍惜着的感觉。我们每天都会向对方表达喜欢，他从来也不嫌我烦。

我衷心地希望这一份爱情等得到天长地久。

简翊向父母告知了他的决定，他们很快表达了对我们的支持，并决定一起去我老家拜访我的父母。我们一切速战速决。

母亲当即定了一家当地最好的酒店招待简翊一家，饭桌上几个大人讨论着我们的终身大事，我和简翊置身其中，只有相视莞尔。

回上海之后，简翊陪我一起去我固定的心理医生处复诊。那是我第一次带除了母亲以外的人去见医生，说实话去之前心里是有些焦虑和忐忑的，我担心简翊会因为医生对我的一些判断而动摇和我结婚的决心。

好在一切很顺利。

在门口等待就诊的时候，我依然做了一份很长的心理问卷，涉及焦虑、躁狂、抑郁等维度的评估。作为一个老患者，我对这些题目非常熟悉，加上最近几年的状态确实不错，我飞速勾选着题目。

进入诊疗室，我告知了医生我目前的睡眠、精神状态、工作能力及结婚的规划。几段对话下来，医生笑着对我说，一切正常。并预祝我新婚快乐。

我与主治医生算是老朋友，2014年第一次去医院，就是他为我确诊双相情感障碍的，此后也一直由他负责我的病情。我非常感谢他的英明判断，让我的病情没有再恶化下去。后来我在书籍上看到双相情感障碍的确诊通常要花十年时间，而我无疑得到了最好的治疗时机。

我一直就诊的医院是上海交通大学附属第一人民医院，我也算是医生的校友。还记得8年前我们首次见面，医生得知我是他的校友，半开玩笑地对我说："你以后可以来和我一起做研究。"后来，我虽然不曾参与他的课题研究，但也确实看了不少心理书籍以自救。

弗洛伊德式哲学、自卑情结与优越情结的转换、肯定性的达观、客体分离、认可欲求、被讨厌的勇气。我在各个派别里找寻生命的意义，试图看到内心最真实的自己。

而现在，除了自我救赎，简翊也成了我的救命良药。

"Everyday I Wake Up Next To A Angel

每天我都睡在一位天使的身旁

More Beautiful Than Words Could Say

她美丽得不能言喻

They Said It Wouldn't Work But What Did They now

每人都说我们不相配，但他们又知道什么？

Cause Years Passed And We're Still Here Today

日子流逝，我们仍旧相依

Never In My Dreams Did I Think That This Would Happen To Me

那是我永远、做梦也不曾想到的事

As I Stand Here Before My Woman

当我站在她的面前

I Can't Fight Back The Tears In My Eyes

勇气就会涌现，令我忍住泪水，不再流泪

Oh How Could I Be So Lucky

噢！我怎能这般幸运？

I Must've Done Something Right

一定是善有善报

And I Promise To Love Her For The Rest Of My

Life
在此，我承诺用会尽余生去爱她"

这首我很喜欢的布鲁诺·马尔斯的《休息》(Rest)，我想用它形容我的这一份感情。当这段感情持续了快500天的时候，我在日记本里写下："这次预感是永远。"

简翊果然让我等到了天长地久。

2022年8月14日，简翊和他的朋友们在南京策划了一场求婚。简单而温馨。尽管对他当晚的求婚早有预感，但黑暗中简翊在《娶你》(Marry You)的音乐下紧张地捧出花送到我面前，问我愿不愿意嫁给他的时候，我仍然愣在了原地。我说不清当时的感受，我只觉得这是我人生中最重要的时刻，是要永远记住的一刻。

2022年8月16日，我们在上海领证。

领证那天，我们一起从家里出发，步行去民政局。穿过长长的隧道的那几分钟，我仿佛和他度过了一生那么久。终其一生我都在渴望这样一个爱我、肯定我、照顾我，与我真正联结的人，现在他终于来了，我不打算放手。

到了民政局之后的一切反倒显得不那么重要，一切都按部就班，签字，宣誓，盖章，领证，一切都在工作人员的安排下井井有条地进行。但我依然是紧张的，摘抄誓词的时候甚至抄错了一个字。

从民政局出来之后，我们都变得很轻松。我们已经是合法夫妻了。他从此是我的丈夫，而我是他的妻子。我们手握有我们合照的结婚证，立下了一生的约定。

结婚以来，一切似乎都没有改变，唯一改变的大概是，我更爱他了。每天早起看到简翊的睡颜，我都有种真实真切的幸福感。

简翊在我的提议下买了一只微单，我们开始到处游玩和拍照，记录下生活的美好瞬间。他对摄影的热情很高，而我是他永远且唯一的模特。

《婚姻的意义》中有几句话是，"婚姻始于友谊"，我一直告诉简翊，我们是最好的朋友。在好朋友的前提下，我们才是伴侣，才是夫妻。

毫无疑问我是幸运的。

但我想对所有还未修成正果的病友说，只要经营好自己的情绪，就能有足够的资本和自信去经营那份已经排着队正在路上朝你走来的爱情。即使患有双相情感障碍，我们依然能够拥有健康而长久的亲密关系。

15. 工作与心理精神健康

当无聊而空闲的工作持续了大概半年之后,我迎来了我的新领导凯伦。她作为策略小组的小组长,担任我的直属上司。我很幸运,这一次遇到了负责而认真的直属领导,会耐心地教我,和我一起进行头脑风暴。

当时我的状态已经相当稳定了,虽然我的成长不快,但是也在稳步前进。对我来说虽然医学是一个陌生的领域,但长期和心理医生打交道的经历让我觉得医学和心理学是相通的:都是为病人服务的,在不断学习后我能够更好地了解自己和家人的身体。

凯伦比我年长十岁,因此工作经验非常丰富。与她相处中我发现她是一位很有想法的女性,总是有数不清的点子和工作灵感,同时心思极度细腻。除了在工作上照顾我,凯伦也会关心我的日常生活。我的工作环境自由而轻松,同时,因为凯伦的到来,我原本无事可做的工作时间慢慢变得充实起来。

在这份工作的前半年里,我总是因为脑子里空无一物以及对医疗行业的不了解,而几乎做不成任何一张像样的幻灯片。但是在凯伦的指导下,一切都有了改变。我开始把做幻灯片当作绘画,每画出一页漂亮的片子,我都有极大的满足感。

我想这或许就是自我价值的一种实现。

我的工作几乎都与肿瘤和慢性病相关的疾病打交道,直到2021年年末,我接到了病种为"双相情感障碍"的项目,对应的药物是思瑞康。

突然接到这个任务让我这个当时已有八年病史的老患者有种复杂的"做贼心虚"感。我在同事面前装作第一次听到这个疾病,开始了传统意义上的疾病研究。

实际上在做这个项目的时候,我切身了解了周边人对双相情感障碍的认知,我不想说却也不得不说,结果是令人沮丧的。比方说,凯伦会时不时拿这个病开玩笑:有时候她的工作压力大,情绪焦虑,就会向我抱怨自己也"得了双相情感障碍"。虽然说者无意,但这在我听来不甚悦耳。

那些不了解双相情感障碍的人是何其幸运,他们有着安稳的人生,不用过胆战心惊的过山车式的生活,更不用担心哪天病情爆发就丢失一切,一无所有。

同时,我也开始认识到大众对于抑郁症和双相情感障碍的区别对待。

同样身为精神疾病,大众对抑郁症的知晓率和包容度比对双相情感障碍要高得多。单位里坐在我工位右边的小伙子前段时间被诊断为重度抑郁,他把这个消息告诉了公司,然后得到了一个月的休假。休假过后,他重整旗鼓来上班了,周围人对他一如往常。

我不免有些羡慕公司对他的态度，因为我根本不敢想象当我的病被领导知道后，等待我的会是什么。

我绝无冒犯抑郁症患者的意思，同为患者我们互相尊重。但事实是，或许一个人可以很坦然地告诉身边人他患了抑郁症，但身为双相情感障碍患者，却绝对无法随意透露自己的"双相身份"。双相情感障碍患者就像一个定时炸弹，对学校、对单位而言，都是如此。

那个双相情感障碍研究项目着实让我为难了一下，但也只是一瞬间，很快我就以客观的态度去分析它了，就像研究其他任何一种疾病一样。

那几个礼拜对我而言，其实是做这份工作这么久以来，最得心应手的。那些熟悉的名词和药品，就像是我最为亲密的老朋友。我了解它们的机制，也深知它们的副作用。

但不得不说的是，尽管我是一名患病多年的双相情感障碍患者，但我对一些数字仍然没有概念。根据当时的数据，中国的双相情感障碍患者高达840万人，其中误诊率为69%~80%，共病率（通常为焦虑和强迫性障碍、物质滥用和依赖、冲动控制障碍、饮食失调、注意力缺陷或多动障碍和人格障碍等，以及合并毒品、酒精、药品等物质成瘾）达到66.7%。

但令人庆幸的是，我了解到，双相情感障碍的病程占比中，无症状占了53%，其次才是抑郁（32%）和躁狂（9%）。只要坚持药物和心理治疗，并进行定期随访巩固维持治疗，许多患者仍然可以达到无症状甚至高功能状态。

撰写文案的过程令我感慨，虽然我的工作是做患者管理，但我所能呈现出来的管理方案，却远远不足以去支持一个双相情感障碍患者，尽管我已尽了自己最大的努力。

与其他肿瘤和慢性病患者不同，精神病人的内心世界、看法、感受和经验往往会由于他们存在妄想、幻觉等症状而被家人和社会所不理解，从而被忽略和漠视。在此基础上，我们做出了一个设想，为这些患者打造一个包含患者教育、健康答疑、用药管理的健康服务包，配套一对一的人文关怀。

其中患者教育包括双相情感障碍相关科普文章和知识卡片的投放，以及名医直播和患者课堂，增加患者与医生之间的互动。健康答疑层面，我们有专门的健康管理师进行日常生活的轻咨询，而医生则负责诊疗层面的答疑。用药方面，我们计划开发一个用药管理小程序，患者可以在小程序上设置用药方案，并在社区里进行每日用药打卡，我们对打卡排行榜中的前十名患者进行积分奖励，来更好地提高患者的用药依从性。

除了为双相情感障碍患者按疾病分型和疾病进程打造关爱社区（针对躁狂患者的相守关爱社区，以及服务抑郁患者的阳光关爱社区），由于不少病人都在社会功能上有或多或少的损害，包括人际关系、自我照顾、社群角色功能的缺失等，我们把着重点放在了病人的日常行为训练、心理指导、社交技能培训和健康任务督导上。

同时经过大量文献研究，我们发现艺术疗法在精神心理疾病的治疗上应用颇为广泛。艺术疗法包括使用绘画、诗歌、舞蹈、音乐等多种形式辅助治疗，是一种使用了艺术媒介的精神疗法。

考虑到线上社区的可行性，我们提议用音乐去治疗患者，例如在患者躁狂期推送舒缓音乐，以及在抑郁期投放欢快音乐。又或者是有声读物疗法：在躁狂期投放舒缓佛经，抑郁期投放正能量书籍等。

虽然最后这个方案并没有落地，但我还是看到了一线希望。药企，或者说这个社会，已经开始想要为双相情感障碍患者做些什么，这是值得高兴和庆贺的。

2023年年初，时隔一年多我再次接到了一个心理精神相关的项目，为一家药企旗下的药物打造一个精神分裂症患者私域管理方案。我长期与肿瘤及慢性病患者私域管理打交道，偶尔的心理精神项目马上点燃了我的工作激情。

我对精神分裂症其实并不了解，但由于我服用的氨磺必利和阿立哌唑的药物适应症上都写有精神分裂症，精神分裂症的阳性症状（幻觉、错觉、思维混乱）及阴性症状（焦虑、抑郁、自杀），与双相情感障碍严重躁狂期间和严重抑郁期间的症状确实有重合之处。一个双相情感障碍2型病友告诉我，她第一次入院，就曾被误诊成了精神分裂症。

我们的工作思路仍然贯彻疾病和药物研究，以及该病种下的患者管理模式收集。在此基础上，初步构想是发挥我公司的私域运营优势，建设一个患者社区，以科学管理疾病、提供情感支持、帮助患者恢复社会功能为宗旨，去服务精神分裂症患者及其家属。鉴于精神分裂症患者的特殊性，单单管理患者是困难重重的，因此这次我们纳入了患者的家属。

为了更好地管理患者，我们在入组时会邀请患者或家属填写一个基线问卷，将这些精神分裂症患者分为三个小组：精神状态不稳定、精神状态稳定、已经康复与常人无异。对于第一组精神状态不稳定的患者，我们建议患者本人不要加入社群，以避免患者之间的交叉影响，而是由他们的家属代为进入。针对后两组状态已经稳定的患者，我们将提供各项服务来帮助他们更好地预后。

患者进入社区后，我们会对患者目前的功能状态进行评估。包括患者的疾病史、家族史、住院史、教育背景、工作状况、精神量表测评结果分析等，从而针对性地制订个性化的康复计划。当然，这些信息会通过脱敏机制而对患者的隐私进行绝对保密。

整个项目将通过心理健康、药物知识教育和行为认知影响，去提高患者的疾病自我管理能力，从而达到提高治疗依从性、预防疾病复发的效果。其中，心理健康教育的目的在于增强患者的"病识感"，包括对疾病、药物知识、生活管理知识、社会技能提升训练、家庭护理技巧等方面的科普。

客观来说，如果只有患者群体存在，在线社区其实是比较危险的，将存在许多不稳定因素。我曾加入过几个精神病患者社群悄悄探访过，里面的氛围不尽如人意。活跃在社区里的大部分都是出现症状的发病患者，会有自伤、自残及宣扬停药的言论出现，导致那些趋于稳定的患者往往处于一种潜水状态。为了避免患者之间互相影响，我们以主治医师为单位来建立社区，医生的权威存在能够有效维护社区的秩序，从而使社区氛围更加正向和具有专业性质。

尽管患者之间会存在交叉影响的可能，但他们之间仍然存在共情和互相理解的正面作用。我们通过真实陪伴去发现一些预后良好并且乐于分享的患者或家属，邀请他们成为康复大使，帮助他们整理康复故事，并邀请他们在线上线下的心理健康活动中担任小组长或是患者领袖。通过分享成功经验，互相交流康复、治疗、护理等方面的经验,为其他正在迷茫的家属和患者带来信心和希望。

另外,据调查显示,精神分裂症患者服药依从性差,存在不断停药、不断反复的情况。患者自我报告的服药依从比例为55%,计算药片数量的服药依从比例为15%,血药浓度监测的服药依从比例仅为23%。

为了进一步提高患者依从性,我们设计了多触点随访机制。每月对患者及其家属进行问卷量表的调研随访和语音电话随访。随访内容包括患者用药情况、精神状态情况、睡眠及生活相关情况以及药物不良反应等。

在这个项目中,对家属的关怀教育也是我们的重点。精神病人的家属对于患者有一种矛盾挣扎的心理。一方面他们眷恋患者在未发病前的关系,另一方面,患者在病发时的种种行为对他们产生的伤害不可磨灭。作为家属和第一支持者,他们尽管仍然努力担任着照顾精神病人的角色,但对于他们偶然出现的怪异行为和不稳定的情绪会存在戒备和焦虑心理。

因此,我们为家属提供了强有力的情感支持,定期对家属进行解释性的支持性心理治疗。家属可以享受到一对一免费咨询的服务,由专属的咨询师来解答家属的日常困惑,并进行情绪安抚和提供患者生活照料建议。从而帮助家属提高对患者的认识,帮助患者增强战胜疾病的勇气。

同时,注重与社区和精神卫生中心的联动,邀请患者或家属参加患教会、家属会等线下活动。

作为一名双相情感障碍患者去设计患者服务方案的经历对我而言是弥足珍贵的,因为我不再是一个单纯的患者,而是一个提供服务的帮助者。当我从一个医疗人的视角去看待项目时,我的心是客观纯粹的，一切以服务患者为重。而当我以一个患者的身份再去看待这两个项目时，我感到了一份温暖和希望。

但坦白地说，我做得其实很艰难。

研究过程中，当幻觉、妄想、思维紊乱、敌视、怀疑、反应迟钝、情绪淡漠、社交淡漠、少语……这些电脑屏幕上的症状描述一股脑涌入我眼中时，我仍然无法很好地控制我的情绪。过去的沉重岁月向我袭来，时刻提醒着我的患者身份。我需要在同事面前隐藏我慌张和敏感的情绪，以保证我在职场中的安全。同时，我又对那些病例中的患者充满了同情，将心比心地感受着他们的痛苦和挣扎。而同事们对待精神病患者的悲观和不实猜测，更让无力反驳的我备感辛酸。

为我此前对其他疾病患者的不闻不问，我深感自己精神上的狭隘与渺小。这两次做项目的经历，让我不再仅仅关注自己的疾病和经验，而是把目光投向了其他众多病患的世界。即便是患同一种疾病，精神病患者的内心世界和身体症状仍然会因为他们的成长环境、过往经历、知识背景、疾病进展而各不相同。因此，我们更加需要个性化地看待和有针对性地提供帮助。

我想，面对双相情感障碍或者其他精神或心理疾病，最好的方式就是不把自己当成一个患者。精神病患者，首先是"人"，其次是一个个活生生、有生命价值、有思想、有经历、有七情六欲、有社会角色的人。

当药企和社会逐渐看到这个群体而希望为他们提供帮助时，我相信，一切终会越来越好。

16. 心理重建之旅

除了按部就班地工作，我开始审视自己的内心，逐渐了解自己。我几乎购买了市面上所有和双相情感障碍有关的书籍，每阅读一本都是对自我的了解。这些书籍引起了我强烈的共鸣，让我觉得不再孤立无援。还有很多与我一样患病的人，以他们的方式用力地生活在这个世界上。这些相似的文字和经历让我备感安慰，也重新燃起了"以笔为戎"的热情。

戴维·J.米克罗维兹的《双相情感障碍：你和你家人需要知道的》是一本很实用的工具书。涵盖了双相情感障碍的发病原因、诊断及治疗，以及躁狂和抑郁时期的自我管理，并且引用了很多双相情感障碍患者的真实想法与经历。我花了很长时间去阅读它，不时会有强烈共鸣。

书中提到一个例子，对于伴随双相情感障碍患者一起经历过躁狂发作的亲属而言，会对双相情感障碍患者出现欣快的心境而感到不安。的确，对我的母亲来说，抑郁的我比躁狂的我更令她感到安全，抑郁只意味着我会郁郁寡欢，不会对生活有太大实质性的影响，而每一次的躁狂却会让我失去一切。但这无疑是令人沮丧的，躁狂意味着快乐，抑郁意味着黑色。最亲密的人，并不看好你的快乐。

我花了很长的时间去和我母亲和睦相处，她对我的病情一度紧张到一种神经质的程度。在躁狂期，每一次与她的冲突都加速了我的躁狂发作，任何一次受到否定或质疑对我都是巨大的打击。

直到稳定期，我才开始慢慢理解母亲的心境，理解她对我不可控的人生的担心和忧虑。也开始逐步调整我与她之间的相处模式，并通过自我母育和自我父育来疗愈自己。

自我母育指在精神、情绪和身体等各个层面去接纳自己，也就是做自己的母亲。朱迪斯·欧洛芙在《臣服的力量》中将臣服定义为："在适当的时机优雅地放下，接受事实；沿着生命的周期顺流而下，不要对抗，不要执着于某些人和结果，不要无缘无故地郁闷和烦恼。"

当我重新审视躁狂时期发生的种种令人难堪的经历，那些破碎的关系和分裂的记忆，我逐渐学会了从一个局外人的角度去看待整件事情。比起一味地自我否定、批判和痛苦沉溺，接受已经发生的事，保持当下的理性，并从中反思出规律，能让我更好地进行自我疗愈。"臣服"于双相情感障碍，意味着不再抗拒药物治疗，不再拘泥于过去种种失控的经历，也不再为了那些歇斯底里的瞬间而自我责备。同时，选择顺势而为，接受这十年双相情感障碍经历所带给我的一切正向改变：它在身体、情绪及灵性上不同程度地唤醒了我。

尽管这个过程布满了荆棘,却让我收获了更多豁达的人生观。那些快乐、悲伤的记忆,随着年龄增长,悉数被记录在了我的生命中:当我用笔将它们写下,我与文字一同经历了痛苦的逆流,生命的自在流动无形之中化解了我的种种担忧,从而让我重拾面对生活的勇气,并坦然面对这些年来不可预测的喜怒哀乐,以及每一段爱情里的痛苦、欢乐和冲突。发生在我身上的事并不能定义如今的我,我展现出来的,是我当下和未来选择成为的样子。

同时,当我深入学习自我父育后,我和母亲的共生关系也有了一定的改善。

在我患病之后,少女时期曾疏于照顾我的母亲开始密切进入我的生活,包括对我所有社交网站的掌握。我失去了几乎所有属于自己的隐秘角落。或许是出于对我的情感弥补,母亲对我的关心出乎常理,为了和我保持共生关系,母亲用爱的方式来影响我的决定。这其实在学生时代就初现端倪,学习的专业、报考的学校,均由母亲来决定,尽管我对文学高度热忱,母亲仍然秉着金融前途宽广的理由让我选择了金融专业。即使是工作以后,母亲仍然会因为我没有听从她的建议从事金融业而时常念叨。而我的穿衣打扮、社交网站的发言,也都会被她进行持续的纠正。这种感觉时常令我窒息和备受打击,似乎我永远达不到母亲对我的期待,或者说,我们的信念相差甚远,从而达不成妥协。

自我父育的关键在于建立自信,并培养为自己说话和自我保护的能力。我不再沉默应对或是以争执来面对母亲对我的一些控制,尽量以温婉的说话方式潜移默化地去改变她的想法,并让她了解到我的坚定。比如我会让心理医生作为媒介者,去传达我想要和母亲说的话，医生作为专业的强背书和中性的第三方，在一定程度上能让母亲更好地接纳我的想法。

这种方式初见成效，母亲开始慢慢减少对我行为的纠正，我们之间的联系从过度的频繁趋于稳定。而这种稳定的家庭关系在一定程度上也减少了我情绪的波动。

从大量阅读到执笔写作，往往是一件水到渠成的事。

从小写作的习惯也在不同阶段治愈着我。

起先，我只是写半虚构小说。在写作中，我学会了自我抽离，并且树立起了防御机制。我深刻地了解到，问题就是问题，不是人。当我以观察者的身份看待自己半虚构的故事时，我就实现了与痛苦的分离。我把人对问题的内化抽离出来，把情绪和疾病当作一个独立的实体，而不是自我的一部分。

随着对写作的疗愈功效越来越感兴趣，我阅读了一些与写作疗法相关的书籍。也找到了属于我自己的心理治疗路径，即叙事写作疗法，包括结构化写作疗法、表达性写作疗法和叙述暴露疗法。

精神分析领域中，"表达性写作"的概念是由得克萨斯州立大学的心理学系主任詹姆斯·彭尼贝克最初提出的。表达性写作作为一种"让患者参与治疗过程"的心理干预手段，通过让患者把心理的伤痛和委屈用纸笔写下来，通过描写情绪和情感体验来自我发泄释放，从而达到自我疗愈的效果。彭尼贝克把产生这种疗愈效果的原因归结为"披露"。因为当人们试图披露某些经历时，必经的道路是面对和处理与该经历相关的情绪。在情绪处理过程中，他们赋予过往的事件新的意义。这种将"情绪标签化"的过程，对减少痛苦有极大的帮助。

在表达性写作中，有一个特殊的写作模式，属于无结构性的，即当下非常流行的"自由书写"。在自由书写中，你通常不需要太多理性和逻辑，只需要任由思绪流动。可以天马行空，也可以离题万里。

我经常践行自由书写，一气呵成地写下自己的所思所想，不去做任何的修纂改动，也不与任何人分享。这是只属于我自己的隐秘角落。

而叙述暴露疗法常用于创伤后应激障碍的治疗，由康斯坦茨大学的埃尔伯特发明。它用一种叙事手法，把患者的伤痛记忆串成一个完整的书面记录，让情绪受困者将当下无法言说的恐惧用文字转移到过去，从而体会到不同时间和空间的体验。这与表达性写作的概念极为相似。

开始实践这两种疗法后，我从半虚构小说转为纪实小说，尽量从不同角度去重新看待那些痛苦的往事。书写见证了我的成长，我内心深处的情感得以释放，那些我曾经回避的消极心理和自我厌恶情绪随着文字的产生而逐渐减弱。通过书写，我为自己做了一次又一次心理治疗。

但写作疗法并不适用于所有的伤痛经历者。

在我与一个双相情感障碍病友的交流中，她告诉我，当时间冲淡了一些情绪后，她已经不太想说自己的经历。恢复情绪感受力这件事情并不容易，对于长期与自己情绪失联的人来说，开始书写的第一步往往比较辛苦。

当然，每个人都有自己疏解情绪的方式。在这里，我只是提供了一种疗愈的可能性建议。

除了写作，摇滚乐依然是我的解药。令我感到安慰的是，母亲已经不再像我第一次轻躁狂发作时那样抵触和讨厌我听摇滚乐，而是平淡地接受了我的喜好。

受苏航和顾铭的影响，我的音乐体系以朋克和摇滚为主。

朋克并不太讲究音乐技巧，歌曲经常带有自由性质的思想解放和反主流的尖锐立场。但倘若你一直停留在那种叛逆的状态，而没有在思想上得到更深的进步和思考，那就不算好的朋克。

有一段时间我很害怕接触"朋克"这样的字眼，因为曾经我是个名声不怎么好的"朋克女郎"。任何和朋克有关的事都会唤起我当时的记忆，让我羞愧和尴尬不已。随着时间流逝和内心的逐渐强大，我开始试着和从前的记忆和解，包括与从前的人和解。当我终于可以坦然面对我的过去时，我对朋克与摇滚的欣赏和向往自然而然地卷土重来。

上下班路上，听着SUM 41或者音速青年乐队的歌，我总会有种脚下生风的自信感。它总是能在最好的时候，将我从毫无激情和意义的生活中解救出来。即便是不懂音乐的我，也能从音符的跳动中感受到从内心深处叫嚣出来的力量，那些愤怒、厌倦、悲伤和反叛，都在歌曲中被嘶吼出来。而我失去的情感和希望，在那一瞬间被重新唤醒。

另外值得一提的是料理，做每日便当已经成了我的一种习惯。料理对我而言是一种自我表达的方式，即按照自己喜欢的口味去烹饪食物。同时，它又充满着未知的新鲜感：同样的食材，选择不同的火候、不同烹制方法和不同的调味品，所呈现出来的口味都是不同的。当我做出一道色香味俱佳的菜肴，那种心理层面上的充实和成就感无法用言语来简单表达。

料理的过程更是一种自我治愈的方法。身处炊具和食物之中，纷杂的思想随着熟悉的动作而慢慢褪去，大脑是空出来的，只剩下安宁和自我存在的意义。

料理的意义更在于爱。对食材的热爱，对生活的热爱，对品尝者的爱，更是对自己的爱。在与食物打交道的细枝末节里，我不再被生活的空虚所困，且找到了自我存在的价值。

我甚至成了一个小红书的便当博主，一年下来收获了近三千六百个粉丝。

而真正拯救我于躁郁之痛的，无疑是我的伴侣简翊。

在与简翊的相处过程中，我不用再因为自己的双相情感障碍病史而遮遮掩掩欲言又止，更不用为此感到自卑、羞耻，他会耐心地读我的每一篇回忆故事，帮助我更好地表达自己的感受。我的双相情感障碍再也不是一些只存在痛苦、孤独和崩坏的经历，而是一份值得被反思和记录的经验。一种被尊重和被爱惜的感觉从心底慢慢升腾，让我有力量继续走下去。

即便是如今的我，也依然向往灵魂伴侣般的亲密关系。我和简翊在不断的相处中越来越相像，回想起之前失败的几段情感关系，我深深确信一段健康的亲密关系所能带来的内在能量是无穷无尽的。这种能量象征着希望，让我对过去不再畏惧，对现实感到充实，对未来感到肯定，从而推动着自己不断进步前行。

当然，这段关系的稳定有很大一部分依赖于我已经深谙药物治疗的重要性，每日按时服药和定期复诊。一段好的爱情需要天时、地利、人和，我们相遇在我的稳定期，这为我们的持续发展奠定了基础。而在另一方面，简翊温和的性格和体贴的爱意让我们的关系格外融洽，恰到好处的亲密使我的情绪不再受困于感情上的不稳定，而因此上下波动。

曾经我沉迷于写作、画画，一切与艺术相关的事，这与发病时火山爆发般涌出的灵感有关。稳定期的我，的确失去了那些可贵的灵感，也失去了画画创作的能力，但生活正以另一种方式在馈赠我：脚踏实地工作的成就感和无尽的爱包围了我，让我不再那样向往"天才生活"。

生活让我终于与自己和解。

如今的我是否平凡？我想无疑是的。

我只是这个城市万千打工族中的一员，过着朝九晚六为生计奔波的生活。我看着朋友圈里曾经同学的辉煌成就，却不再觉得心酸苦涩，而是真心为他们开心。

我坦然地接受着自己的平凡。但平凡并不意味着绝对摆烂和放弃一切，病情稳定期，我用我自己的方式追寻生活的意义：看书、写作、料理、旅行……同时，我仍然想成为一名能够帮助他人的写作者，这种不太平凡的愿望与想做一个平凡人的心愿是共存的。

再回想上学时候对自己近乎严苛的要求，那些因为成绩上的一分两分而崩溃大哭的时刻，真的恍如隔世。那些为分数排名纠结的岁月，谁知道我是不是在某一个时刻，就已经陷入疾病的魔障？倘若我一直延续着从前的人生观，是否还活得像个永远停不下来、不给自己喘息机会的螺丝刀呢？

如今我对自己说得最多的就是：人这一辈子，怎么过不是过，快乐就好。这并不是逃避厌世，坦然面对自己的人生也不失为一种勇气。

实现人生价值的方式有很多，成功的定义也不止一种。我不再像小时候那样执着地追求世俗意义上的成功，不再憧憬女强人般的事业成就。我放过了自己。简单快乐而内心充盈的生活才是如今的我所更渴望的。

"我不过像你，像他，像那野草野花。冥冥中这是我唯一要走的路。"《平凡之路》里朴树这样唱道。

冥冥中我唯一要走的路是我的心理重建之路、我的平凡之路。

17. 以笔为戎

与简翊在一起之后,我慢慢找回了拾笔写作的能力。不再局限于我们的恋爱故事,我开始从爱情小说写手逐渐转型。

2022年11月末,我在"双相躁郁世界"公众号发表了关于双相情感障碍的第一篇文章。

对我自身而言,写作和投稿是一件非常值得开心的事。我有很长一段时间都处于失语状态,就是那种面对着空白文档,却一个字都打不出来,脑袋中仿佛打了成千上万个结,又沉又钝。失去表达能力的感觉令我备感沮丧。我只能反复重温着以前写的文章,试图找回些许灵感上的启发。

文章的发表对我来说是意外的,因为距离投稿已经过去很久。和责任编辑进行了几次对话之后,我一下子有了新的方向:或许,我可以写下我与双相情感障碍相伴的这些年?

于是我开始了。

有很多可以述说的:轻躁狂的快乐、躁狂的疯癫、抑郁的绝望、过渡期的夹缝生存、稳定期的自我疗愈……我的心里塞满了来自过去的记忆，慢慢恢复了我对自我的感受力。粗糙而钝化的感受一步步变得精微，于无聊生活中我又重新找回了些许乐趣。

这些记忆对我来说并不是痛苦，它们只是人生的一段段插曲。无论好坏，都是岁月沉淀下来的珍贵礼物。

我没有选择第一时间告诉我的母亲，尽管我非常想让她成为我重要的读者。一是怕她担心我躁狂发作，二是怕她有多重顾虑。

我和简翊提到了我的文学梦，他告诉我，"我们需要鼓励教育"以及"以后对小朋友也这样吧"。我庆幸抛开原生家庭，我自主选择的新家庭有着一个绝对包容和积极温暖的环境。不光是患者，任何一个人都需要支持和肯定，尤其是亲近的人。因此，我现在仍会觉得少了些什么，因为我缺少了一个很重要的读者——我的母亲。但我想终有一日，我和母亲可以达成一个平衡，一切只是时间问题。

我很快整理了一些从前的存稿，重新编辑之后投给了"双相躁郁世界"。可能是因为我投的稿子有点多，编辑联系我说，希望我给自己的系列起一个专栏名，这样子以后的文章都可以归到合集里面。

我想了一会儿，准备叫它们"我的人生磁带AB面"。

对于我而言，躁狂是A面，抑郁是B面，而我的人生就像一张磁带，在AB面之间不时切换。

公众号的编辑告诉我，会在那个月的中旬发我的文章，于是我每天都抱着兴奋和期待的心情。同时，我也开始以"双相情感障碍"为主题，回顾我的十年患病生涯。

文章发表之后,我收到了第一笔来自陌生人的赞赏,对方附了一句话:"抱抱你,会好的!"尽管只有几个字,我却深受感动。当时已经临近下班,我坐在位置上,长时间平稳的心开始震颤,我的鼻子泛酸,泪水止不住地流下来。我对自己的情绪波动感到诧异,因为即便是简翊向我求婚,以及结婚那会儿,我都没有哭过。而此刻,我却因为一句陌生人的关心而泪流满面。

或许是因为生活中从来不曾遇到和我患同样疾病的朋友,我很少会得到别人的共情,即使是关系很好的朋友或爱人,也无法百分之百理解我的感受。哪怕是得到只有一个人的共情,都让我备受感动。当我的情绪被深深看见,我就得到了疗愈。

这让我更加坚定了书写故事的决心。

佩珀表示了对我的支持,她和我一起分享写稿子和发表文章的喜悦,并为我的文章初稿提出了修改意见。对公众号运营很有经验的她,在起标题方面颇有技巧。

一开始,我写的文章并没能得到佩珀的绝对认可,她认为我有很多内容都没有写出来,比如那些绝望的情绪和发病时期的细节。她说我曾经和她聊天时随便说出的一句话,都比我现在写出来的要重。我的笔触过于云淡风轻了,就目前而言。

的确,我如今的语言已经完全无法重现当时的恐慌、害怕和绝望。有一次,和朋友重新聊到那段日子,对方小心地试探:"我一直没敢问你那个时候的事情,因为我怕你回忆起来会痛苦。"但其实,大脑的应激反应已经让我忘记了最痛苦的时候。她提到有一次我打电话给她崩溃大哭,我竟完全记不起发生过这样的事。

这让我无比感谢我的大脑。它留下了快乐的、忧愁的,却为我过滤掉了最痛的那些记忆。

我发誓从此好好保护我的大脑，不再让它受伤，再也不回到失控的人生旋涡。

与此同时，为了真实还原当时的场景，我开始陷入漫长回忆。那些过去的细节慢慢地朝我复苏。

母亲起初对此还一无所知。直到有一天晚上我接到她的电话，她语气别扭，问我："你现在方便说话吗？"我很快理解了她的意图，纸终将包不住火。

"你是不是没告诉妈妈一些事情？"

"你为什么要写那些东西？"

"别人都避之唯恐不及的事情，你还把它写下来。你在想什么？"

"妈妈希望你好好保护自己，平平稳稳，平平安安。"

……

我像是回到了休学回家那段时期：每天在房间里接受她教导的回忆向我袭来。我感到一阵窒息。我不知道如何回答她的一连串问题，在对话变成争吵之前，我挂掉了电话。

冷静下来之后我开始朝着对话框里打字，试图向母亲解释这件事。为了不让她担心我躁狂发作，我告诉她我很早就开始写稿和投稿，并不是最近才开始的。我还告诉她我在做我热爱的事情，我理解她，但确实没有办法认同她。

是否双相情感障碍患者就是一个羞耻的标签？

不，不是。

大学读《躁郁之心》的时候，我非常羡慕杰米森，她敢让自己暴露在公众之下，并以心理医生的身份为双相情感障碍患者提供帮助。后来慢慢地，我接触到更多公众人物的双相情感障碍自传、电影，便越发觉得，能够自由表达是一种多么令人神往的状态。

当然，他们是名人，而我只是一个普通人。我们处境原本就不同。

我在大学里发病，发病时期的性格和状态都与平时的我大相径庭。同时我也休学过一次。所以我的大学同学多多少少对我的病情有些了解。在2015年的时候，我就曾在朋友圈里发过自己身为双相情感障碍患者的一篇独白。当时有个朋友留言："能将这一切说出来的你，非常勇敢。"

我也曾在大学三年级的大学生健康选修课上，以双相情感障碍为主题，及以亲历者的身份做了一次结课分享。那些同学并没有因为我身患双相情感障碍而对我有歧视，而是对疾病本身非常感兴趣，并提出了很多疑问。解答他们疑问的同时，我也更加深入地了解了自己。我至今仍记得选修课老师这样对同学们形容当时热爱文学和艺术的我，"她不是病了，她只是多才多艺而已"。这份包容和温柔让我颇为感动。

的确，揭露自己最隐秘的伤疤，并且在这个过程中剖析自己，是我所做过的最赤裸的事。

公众号文章发表后，我设置了分组，屏蔽了父母、亲戚、领导和同事，转发到了我的朋友圈里。时隔这么多年向外摘帽，让我有种奇特的心虚感，仿佛黑匣子突然被打开，迎接我的将是不可控的未知。但我并不后悔，我是一个随性的人，也是一个病耻感相对不那么强的人。我从来不认为双相情感障碍患者就低人一等，我们也是有七情六欲的正常人。

有默默看过就算的朋友,也有留言给我拥抱的朋友,更有用长篇大论来温暖我的朋友。我都心存感激。

我并不是说有多勇敢,甚至可以说有一份私心:我想用我自己的努力,去改变周边亲近人对我的看法,让他们对我发病时期的状态有一份理解,而不是轻蔑或歧视。

我希望社会对双相情感障碍患者的态度,是理解且包容的。也希望有一天,"过山车玩家们"可以自由地站在日光之下,平等地享受所有一切公正待遇。

但是我也终于迎来了母亲那句问话:"你最近睡得好吗?"

我有种肾上腺素上升的感觉,她果然怀疑我躁狂发作了。这句问话让我感到有点愤怒,也有点想哭,但很快我平息下来,一字一句地回复:"我每天10点前睡觉,8点起床。"然后我打字告知她,为了我的情绪健康着想,请她不要再继续这个话题。

此后确实消停了几天,然而两天后的早晨,我又接到了母亲的电话。这一次,我心平气和地听她讲了半个小时。

"人性是经不起考验的,你要留下美好的东西。"

"这又不是好事情,现实生活中又不都是好东西,把这些写下来做什么呢?"

"别人都已经忘记了,或者以为你已经好了。你再去说这个事情提醒别人你患过病,何必呢?"

"你要向前看,不要老沉溺在从前的事情当中。"

"……"

我抱着无奈的态度听着她的教导。她有她的顾虑,而我有我的坚持。无论美好还是残缺，都是我记忆里的一部分，我无法逃避我的过去，也平静接受人生中失控的时刻。我不是在沉溺于过去，而是在书写中看到一个更加明朗的未来。当我重新体会那些或哀伤或疯狂的瞬间，我感到了来自属于我自己的温暖和支持。

罗曼·罗兰说，世上还有一种英雄主义，那就是认清生活的真相后依然热爱它。我想我已经做好了与双相情感障碍共处一生的准备。

况且，我并不认为身患双相情感障碍就是见不得光的事情，这与我一直以来的信念相悖。分享痛苦和辛酸的经历让我更好地将痛苦宣泄，而分享康复和奋斗的过程激励着我拥抱崭新的生活。

沉默或许是一种选择，但是打破沉默所带来的积极影响却是一直守口如瓶所无法实现的。

当我将自己的故事与他人分享，即使只得到一个人的共情，也会让我有种如释重负的感觉。在这个世界上每一个人都不是孤岛，寒夜里的人们需要同类来生火取暖。

我们当然不用和每一个认识的人都说一遍自己的经历，但我想可以适当地、有选择地，根据自己的意愿，把那些挣扎的经历告诉那些我们在意并且也在意我们的人。

坦诚，有时候也是愿意接受他人帮助的一种表现。就像卡鱼刺，不去医院让医生把卡住的刺拔出来，鱼刺就永远留在那。如果把所有情绪都藏匿在心中，让它得不到释放，我们就永远无法得到真正的解脱。

我知道母亲对我的期许就是平安度过此生，她不再在意我是否功成名就。只要安稳顺遂，即使终生庸碌也无伤大雅。同样，她渴望我按部就班地结婚生子，经营好自己的小家庭，平平淡淡、无病无痛地过一辈子。

我何尝不是这样的想法？

但平淡安稳的生活，和坚持自己的爱好，对我来说并不是对立面。我不是在消耗自己健康的前提下去实现我的梦想，而是闲暇之余，将我的故事一五一十地记录了下来而已。或许我的症状和经历与其他患者不尽相同，但倘若我这些自我疗愈的故事，也能够给其他同受双相情感障碍折磨的人带来一线希望，那就更好不过了。

我也希望自己作为一个趋向稳定和拥有社会功能的双相情感障碍患者，能够站出来为双相情感障碍的去污名化做一点微薄的努力。知乎上有太多关于双相情感障碍的问答，都让我非常唏嘘丧气。人们对于双相情感障碍患者的认识太过狭隘，也太过悲观。事实上，有许多恢复得好的双相情感障碍患者，依然有着高社会功能，做着和常人无异的事情。我希望通过我的叙述，大众能更加了解我们这个群体。

尽管母亲不太同意我写这样的文章，但后来，我还是发现了她小小的妥协，比如，她关注了公众号，以及偷偷订阅了我的合集专栏。

我想，母亲还是想要了解我的。

与母亲不同的是，简翊无比坚定地支持着我的决定。他肯定了我的爱好，并成了我每一篇作品的第一读者。简翊会在认真阅读之后提出一些修改建议，在他的指导下我收获了更多灵感，有时也会发现不同的书写角度。

他和我一起畅想着我们的未来，在五年或是十年后，我们已经不用再工作，可以自由地环球旅行，我写小说，而他在家做量化投资。我们过着自由自在、充实丰盈的生活。我被那样的梦想打动了。

我开始觉得生活充满了希望，和躁狂时期的那种希望不同，这次是脚踏实地可以看得见的希望。

简翊告诉我，我可以在全网发表我的文章。他近乎认真的态度让我感动，他是真的在用心支持我所做的所有事情。有梦想的人多么好，我和简翊，我相信我们会是非常出色的人生伴侣。

除了在公众号上写专栏，我还开始在知乎上答与"双相情感障碍"相关的问题，正式开启了我"为双相情感障碍去污名化"的道路。

至于我为什么要写下我的故事，我想理由有很多。

当我的第一篇文章在公众号上发表后，我收到了一些赞赏，大多带着温暖的留言。有鼓励我让我加油的，也有谢谢我让他们了解了双相情感障碍世界的。

这就是我所想要的：或许我所写的能改变一些大众对双相情感障碍的刻板印象，帮助不理解的人了解到这个疾病，又或许什么也没有，但其实能重新写作，这本身就是值得高兴的事。

知乎上回答问题之后，也有一些病友在后台联系了我。他们向我分享了他们的故事，诉说着他们的担忧和困扰，也感谢我为他们点亮了一份生活的希望。

这份信任让我感到自己所肩负的责任和自我价值。我已经不是单纯在书写自己的故事而已，我还有为他人排忧解难的能力。

正如玛雅·郝芭琪在《我的躁郁人生》中所写："我们是谁？

我们的未来在哪里？简单的方法就是给自己讲故事，故事里包含我们对自己的认识和了解。我们是自己思想的创造物和衍生物，是回忆、梦境、恐惧和渴望的集合体。"

我的这些故事，或许看起来就像幼稚的儿童涂鸦，有些词不达意，有些漫不经心。我相信总有一天父母会明了我写下自己故事的初衷：当我回忆，我正在试图用这些片段和经历拼凑出一个完整的自己。

此时此刻，我记录，我成为我自己。

图书在版编目(CIP)数据

自渡：我的躁郁十年 / 卓安著. -- 重庆：重庆大学出版社, 2024.8. -- (鹿鸣心理). -- ISBN 978-7-5689-4758-9

Ⅰ. I247.5

中国国家版本馆CIP数据核字第2024BS2693号

自渡：我的躁郁十年
ZIDU：WODE ZAOYU SHINIAN

卓 安 著

鹿鸣心理策划人：王 斌

责任编辑：赵艳君　　版式设计：赵艳君

责任校对：刘志刚　　责任印制：赵 晟

*

重庆大学出版社出版发行

出版人：陈晓阳

社址：重庆市沙坪坝区大学城西路21号

邮编：401331

电话：（023）88617190　88617185（中小学）

传真：（023）88617186　88617166

网址：http://www.cqup.com.cn

邮箱：fxk@cqup.com.cn（营销中心）

全国新华书店经销

重庆市正前方彩色印刷有限公司印刷

*

开本：890mm×1240mm　1/32　印张：6.875　字数：161千

2024年8月第1版　2024年8月第1次印刷

ISBN 978-7-5689-4758-9　定价：56.00元

本书如有印刷、装订等质量问题，本社负责调换

版权所有，请勿擅自翻印和用本书

制作各类出版物及配套用书，违者必究